깨지기 쉬운
얇은 까재기

깨지기 쉬운 음향 지재

초판 1쇄 발행 | 2007년 10월 15일
9쇄 발행 | 2020년 3월 30일
지은이 | 김혜진 외 6인 지음
만든이 | 이창섭 여은영 이향란 신옥경
펴낸이 | 최윤정
펴낸곳 | 바람의아이들
등록 | 2003년 7월 11일(제312-2003-38호)
주소 | 04001 서울시 마포구 동교로 17안길 43-4
전화 | (02)3142-0495   팩스 | (02)3142-0494
이메일 | barambooks@daum.net

ISBN 978-89-90878-48-9 43860
ISBN 978-89-90878-04-5(세트)

깨지기 쉬운 깨지지 않을

김혜진 외 6인 지음

바람의아이들

차례

제3회 바람단편집을 펴내며 · 6

| 박정애 | 정오의 희망곡 · 11

| 이경화 | 쥐포 · 37

| 이경혜 | Reading is sexy! · 67

| 이상운 | 내가 왜 그랬지? · 95

| 박상률 | 세상에 단 한 권뿐인 시집 · 123

| 임태희 | 학습된 절망 · 151

| 김혜진 | 깨지기 쉬운, 깨지지 않을 · 177

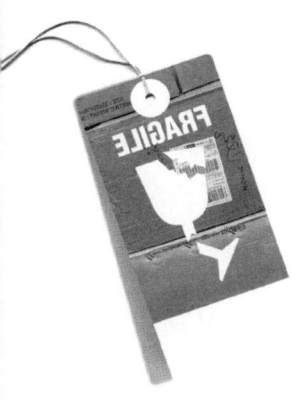

제3회 바람단편집을 펴내며

모색과 시도

　우리 나라 청소년 소설에 새 바람을 일으킨 『어느 날 내가 죽었습니다』를 펴낸 지 삼 년 남짓 시간이 지났다. 이 책이 나오던 2004년에는 출판계도 그랬지만, 학부모나 교사는 물론 학생들도 우리 나라 청소년 소설에 그다지 관심이 없었다. 그러나 이제 상황은 참 많이도 변했다. 학교도서관이 움직이기 시작했고, 청소년 독자들이 스스로 책을 찾아 읽기 시작했으며, 어른들 중에도 청소년 소설 마니아들이 생겨나고 있다. 이에 발맞추어 거대한 상금을 내건 공모전도 속속 생기고 있고 메이저 출판사들이 거의 다 청소년 소설을 펴내기 시작했다. 90년대 말 어린이 책을 둘러싸고 일어났던 것과 비슷한 상황이다. 이제 바야흐로 청소년 소설의 황금시대가 오는 모양이다. 그럼에도 불구하고 여전히 성공적인 청소년 소설은 몹시 드물다. 왜 그럴까?

2006년, 『달려라, 바퀴』를 펴낸 지 일 년 남짓 시간이 지났다. 새로운 작가가 태어나고 이미 있던 작가들이 거듭나기를 바라며 원고를 널리 모아서 내기로 한 제1회 바람단편집이었다. 곧 제2회로 이어진 이 단편집에 대한 호응도는 기대 이상이어서 1회때보다 더 많은 투고가 있었다. 그 중에서 책으로 펴낼 만한 원고를 추리고 보니 다양한 연령의 독자들을 위한 이야기들이 있었다. 그래서 2회부터는 비슷한 연령대의 이야기끼리 따로따로 묶은 단편집을 내게 되었다. 그 결과, 몇 달 전에 초등 1,2학년 아이들을 위한 『귀신이 곡할 집』이 나왔다. 이제, 곧이어 나오게 될 고학년 아이들을 위한 단편집 『공주의 배냇저고리』에 앞서 청소년 단편집 『깨지기 쉬운, 깨지지 않을』을 펴낸다.

　『귀신이 곡할 집』이나 『공주의 배냇저고리』 때와는 달리 청소년들을 위한 원고를 모으는 일은 쉽지 않았다. 원고 마감을 한참 넘기고도 책 한 권 분량의 단편들이 모이지 않아서 결국은 몇몇 작가들에게 청탁을 했다. 그래도 쉽지 않은 건 마찬가지였다. 지금으로서는 동화보다도 일반 어른들을 위한 소설보다도 청소년 소설이 가장 쓰기 어려운 작품인 모양이다. 왜 그럴까?

　우리는 이 어려움에 도전해 보기로 했다. 여기에 실린 일곱 편의 이야기들은 작가들이 청소년 소설이란 무엇인가에 대한 고민으로 빚어 낸 저마다의 빛깔 있는 결실들이다. 맨 먼저, 뮤스 오빠가 아날로그적 감성으로 담아 내는 홍홍의 이야기(박정애, 정오의 희망곡)나 잘하는 게 하나도 없지만 기는 건 별로라고 생각할 줄 아는 삐꾸의 이야기(임태희, 학습된 절망)는 학교, 공부, 성적 때문에 벼랑 끝으로 내몰리는 아이들의 모습을 담고 있다. 빠른 템포의 음악처럼 울리는 박정애의 목소리에 실린 중학생 여자 아이의 현실과 거칠고도 둔한 호흡으로 전해 오는 임태희의 목소리에 실린 고3 남자 아이의 현실은 일맥상통하는 데가 있다. 그런가 하면 이 책에는 시은이처럼 수시 1학기 시험에 붙고 아르바이트를 하거나(김혜진, 깨지기 쉬운, 깨지지 않을) 착한 일을 하고 그 이유를 논리적으로 써 보라는 글짓기 숙제 하나에 매달려 있는 현서(이상운, 내가 왜 그랬지?)처럼 전혀 문제적 개인이 아닌 평범한 아이들의 이야기도 있다. 이런 아이들의 이야기가 오히려 반가운 것은 요 몇 년 사이에 쏟아져 나온 청소년 소설 주인공들이 하나같이 독자들 혹은 일상의 아이들과는 동떨어진, 온몸으로 뜨겁게 '문제'만을 살아 내는 아이들이었기 때문인지도 모르겠다. 여기에는 또한 '옛날' 이야기들도 있다. 극적 반전이 돋보이는, 이제는 어른이 된 주인공의 첫사랑 이야기(박상률, 세상에서 단 한 권뿐인 시집)가 그렇고 88올림픽과 전교조와 군부독재와 대학입시를 '사는 맛'으로 버무린 이야기(이경화, 쥐포)가 그렇다. 그뿐 아니다. 현재진행형의 사랑 이야기도 있다. 시은이가 가게에 매일 들르는 삼수생 상천이에게 연정을 느끼는 거나(김혜진, 깨지기 쉬운, 깨지지 않을) 책에 빠진 연저와 영화에 빠진 민기의 섹시 타령(이경혜, Reading is sexy!)은 전혀 코드는 다르지만 막 사랑을 알아 가는 아이들의 서투름 혹은 풋풋함을 그대로 보여 준다.

청소년과 어른의 다른 점이 무엇일까? 청소년 소설이 무엇일까? 라는 물음이 내포하고 있는 물음이다. 답을 찾기 어려운 물음은 물음 자체를 이리저리 바꾸어 보는 것도 방법이다. 해서, 다시 한 번 바꾸어 본다. 어른들은 이해하는 데 청소년은 이해하지 못하는 이야기가 있을까. 적어도 관념적으로는 그렇지 않다. 정보가 넘쳐 나는 세상, 아이들이 보고 듣지 못한 것이 무엇이며 따라서 이해하지 못할 것이 대체 무엇일 수 있을까 말이다. 그러나, 그럼에도 불구하고 어른인 우리가 청소년에게 이야기할 때는 어른에게 이야기할 때와는 달리 목소리를 가다듬고 말을 고르느라 애쓴다. 그럴 수밖에 없지 않은가. 인간이 갖는 이해의 폭이라는 건 어차피 양적 질적 경험에 비례하니까 말이다. 인생의 지리멸렬함도 스산함도 아직 모르는, 몰라도 좋은 아이들에게 '모든 것을 다' 말하지 않으면서 삶의 진정성을, 인간 존재의 복잡성을, 또한 생의 모순과 세상의 부조리을 담아 내는 이야기를 만들어 내는 일은 역시 조심스러울 수밖에 없지 않을까 말이다. 청소년의 목소리와 화음을 이루면서 깊이를 담아 내려고 우리는 노력했다. 때로는 온라인으로 때로는 오프라인으로, 혹은 따로 혹은 또 같이, 고민하고 의논하면서 더듬거리다 보니 뭔가 잡히는 듯도 하다. 일단, 이렇게 일곱 편의 이야기를 세상에 내보낸다. 청소년 독자들의 반응을 기다린다.

2007년 10월

바람의 아이들 대표 최윤정

정오의

박 정 애

1970년 경북 청도군 매전면 두곡리에서 태어났다. 그곳에서 십 년을 살았고, 대구, 서울, 삼척을 거쳐 춘천에 정착했다. 1998년 월간 〈문학사상〉을 통해 문단에 데뷔한 후, 장편소설 〈에덴의 서쪽〉 〈물의 말〉 〈강빈-새로운 조선을 꿈꾼 여인〉, 단편집 〈춤에 부치는 노래〉 〈죽죽선녀를 만나다〉, 청소년 소설 〈환절기〉와 동화 〈똥땅나라에서 온 친구〉 등을 출간했다. 현재 강원대학교 스토리텔링학과에서 학생들을 가르치고 있다.

2007년 4월 어느 일요일

안녕하세요, 안녕하세요!
 FM 정오의 희망곡, 애청자 여러분의 귀염둥이, (크크, 죄송합니다. 말하고 나니 제가 더 우습군요.) 여러분의 뮤직 스토커, 힘차게 인사 올립니다.
 비 내리는 일요일 정오입니다. 이런 날은요, 뜨뜻한 아랫목에 배 깔고 누워 김치부침개를 찢어 먹는 게 제 맛이죠. 저는 개인적으로 오징어와 홍합 많이 넣은 김치전이라면 아주 환장을 합니다. 그리고 재미난 만화책 있지 않습니까? 한 스무 권쯤 되는 거요.

그런 거 쌓아 놓고, 드러누웠다가, 이불 더미에 기댔다가, 하여튼 자세 이리저리 바꿔 가며 읽고 있으면, 야아, 정말 세상 부러울 게 없지요.

애청자 여러분은 이 한가로운 일요일 정오, 어떻게 보내고들 계시는지요?

자, 애청자 여러분의 사연 담은 글과 문자메시지, 많이 들어와 있네요. 먼저, 홍홍님이 보내 주신 사연입니다.

뮤스 오빠, 안녕하세요?

평소에는 학교 가야 돼서 오빠 방송 못 듣구요, 집에서도 공부 때문에 텔레비전이나 라디오 같은 건 절대 금지거든요. 근데 일요일만은 꼭 챙겨 들어요. 학원 근처에 제가 점심 먹는 샌드위치 가게가 있는데 거기 주인 언니가 뮤스 오빠 광팬이라서요. 첨에는 그냥 들었는데 이제는 저도 광팬이 되었답니다.

오빠 목소리 되게 편안하고 멋져요. 세상에서 젤루 멋져요. (크크, 고맙습니다.)

저는 세상 살기가 싫은 중학생인데요, 일요일 맛있는 샌드위치 먹으면서 뮤스 오빠가 진행하는 정오의 희망곡 듣는 게 유일한 낙이랍니다.

아, 주인 언니가 뮤스 오빠 말 듣고는 홍합 넣고 김치전 부쳐 준

다네요? 아싸. 뮤스 오빠 방송국 가까우면 놀러 오세요. 시청 오거리 응응 (죄송합니다. 방송에서 가게 상호를 직접 언급하면 문제가 생길 수도 있어서.) 학원 바로 옆에 있는, 응응 샌드위치 가게예요.

주인 언니가요, 김현식의 〈비처럼 음악처럼〉 듣고 싶대요. 꼭 틀어 주셔야 돼요.

홍홍님. 거기 주인 언니 결혼하셨어요, 안 하셨어요? 예뻐요? 하하.

날이면 날마다 내 님은 누구일까 궁금해하고 밤이면 밤마다 외로움에 잠 못 이루는 본 뮤직 스토커, 왠지 꼭 한 번 가 봐야 할 것 같습니다. 응응 학원 옆에 있는 응응 샌드위치 가게라고 하셨나요? 알겠습니다.

그런데 홍홍님은 왜 세상 살기가 싫으실까? 중학생이면 그야말로 말똥 굴러가는 것만 봐도 까르르까르르 웃을 나이 아닌가요? 세상이 전부 분홍빛으로 보이구요. 저 뮤직 스토커는 이제 꺾어진 칠십이다 보니 (아이고, 어르신들 죄송합니다요.) 다시는 돌아오지 않을 이팔청춘 시절이 어찌나 그리운지요. 나, 돌아갈래애애애애애애. 하하하.

〈비처럼 음악처럼〉. 안 그래도 비 오는 날이면 이 곡을 틀어 달라는 신청이 많이 들어오는데요. 본 뮤직 스토커, 여러분의 귀염둥이 뮤스, 어찌 감히 홍홍님과 샌드위치 가게 사장님의 기대를 저버릴 수 있겠습니까?

   김현식의 〈비처럼 음악처럼〉입니다.

난 오늘도 이 비를 맞으며 하루를 그냥 보내요. 아름다운 음악 같은 우리의 사랑의 이야기들은 흐르는 비처럼 너무 아프기 때문이죠. 그렇게 아픈 비가 왔어요.

야아, 언제 들어도 마음을 적시는 좋은 노래이지만, 비 오는 날 들으면 더욱 좋은 노래입니다.

2007년 5월 어느 일요일

안녕하세요, 안녕하세요!
아름다운, 너무나 아름다운, 아름다워서 오히려 한숨이 나오는 날씨입니다. 하늘은 파랗고, 춥지도 덥지도 않고, 주택가 담장에 늘어진 넝쿨장미는 그지없이 예쁘고…… 이런 날, 애인도 없는 노총각, 본 뮤직 스토커, 그저 한숨만 푹푹 쉽니다.
아이고, 힘내야지요. 본 뮤직 스토커, 희망을 잃지 않았습니다.

이 세상 어딘가에 제 운명의 상대가 오늘도 저를 찾느라 두리번거릴 거라는 희망, 그 희망을 잃지 않았습니다. 하하하. 정오의 희망곡이 달리 정오의 희망곡이겠습니까? 애청자 여러분께 희망의 기운을 불어넣는, FM 정오의 희망곡, 애청자 여러분의 귀염둥이, (크크, 이제는 아예 입에 붙어서 부끄럽지도 않습니다.) 여러분의 영원한 뮤직 스토커, 오월의 장미처럼 아름다운 음악으로 오후 시간 함께하겠습니다.

여러분께 맨 처음 소개 드리고 싶은 사연은요, 홍홍님이 보내 주셨습니다.

참, 읽기 전에, 홍홍님, 사장님한테서 뮤스가 응응 샌드위치 먹으러 왔었다는 소식, 들으셨어요? 저는 몰래 갔다 오려고 했는데요, 아니 사장님이, 치킨 샌드위치 하나하고 키위 주스 한 잔 주십시오, 하는 제 목소리만 듣고도 대번에 뮤스란 걸 알아 버리시더라구요. 참, 이 유명세를 어쩌면 좋습니까? 하하. 그나저나 응응 학원 옆에 있는 응응 샌드위치 가게, 번창하기를 빕니다. 사장님이 공짜로 주신 샌드위치, 공짜라 그런가요, 워낙 그런가요, 세상에 그렇게 맛있는 샌드위치는 제 머리털 나고 처음 먹어 봤습니다.

그럼, 홍홍님의 사연, 읽겠습니다.

뮤스 오빠, 가게 오셨다면서요? 들었어요. 사장님이 저한테 문자 넣으셨더라구요. 오빠 왔다 갔다구. 생각보다는 덜 생겼는데, (아니, 이건 또 무슨 말씀입니까? 사장님, 홍홍님, 제가 이래 봬도 우리 방송국 최고의 훈남이라구욧! 대한민국 외모주의, 이거 참 문제입니다, 문제! 그럼 저는 뭐 안 놀란 줄 아세요? 홍홍님이 주인 언니라기에 결혼 안 한 언니인 줄 알고 잔뜩 기대하고 갔더니만, 세상에, 키가 저만큼 큰 아이가 있는 아주머니이시데요? 흑흑흑.) 늘 웃는 인상이 참 좋더라고 하세요. (사실 이 얼굴에 표정마저 흉악하면 사람들이 제 곁에 오기나 하겠습니까?)

저도 늘 웃고 살았으면 좋겠는데, 어떻게 된 게 늘 찡그리고 살아요.

공부, 공부, 공부가 도대체 뭐예요? 울 아빠는 공부 못하면 사람 취급을 못 받는다고, 그렇게만 알라고 하세요.

아빠는 시골에서 팔 남매 중 다섯째로 태어나셨대요. 밥도 못 먹는 집에서 무슨 공부냐고, 할아버지께서 장남만 공부시키고 그 밑으로는 아예 돈을 안 주셨대요. 스스로 돈 벌어서 너무너무 힘들게 야간 대학까지 졸업하신 아빠는, 뒷바라지도 못하면서 자식 많이 낳는 거 싫다고, 엄마가 저를 낳자마자 엄마랑 의논도 않고 아빠 혼자서 더 이상 아이가 안 생기는 수술을 해 버렸대요.

그러고는 저한테 아빠가 받고 싶었던 뒷바라지를 다 해 주세요. 우리 집 별로 부자 아닌데도 저는 보통 유치원보다 몇 배 비싼 영어 유치원 다녔구요, 피아노, 발레, 바둑, 태권도, 검도, 논술, 웅변…… 안 다녀 본 학원이 없어요.

아빠는 제가 어릴 때부터 퇴근하자마자 저를 붙들어 앉히고 공부를 가르치셨어요. 엄마는 퇴근하면 집안일을 하시고 아빠는 제 공부를 가르치시는 게 우리 집 풍경이에요. 시험 때는 완전 초비상이죠 뭐. 엄마는 아빠 신경 거슬릴까 봐 청소기 같은 것도 못 돌리시고 조용히 연필 깎아 주시고 연습장 사다 주시고 그래요. 어쨌든 초등학교 때는 아빠 덕분에 성적이 되게 좋았어요. 평균 98점이거나 99점, 못해도 95점 이상은 맞았어요.

그런데 중학교 공부는 좀 어렵잖아요? 아빠도 잘 모르는 문제가 많으니까 저를 학원에 보내시더라구요. 주중에는 종합반 다니고, 주말에는 영수 단과 다녀요. 아빠는 밤 열 시부터 세 시간 동안 저 붙들고 문제집 풀리고 수행평가 숙제 같은 거 해 주시구요.

저는 진짜 노는 시간이 없어요. 만날 학원 다니고 학원 끝나면 총알같이 집에 와야 되고 학교 쉬는 시간에는 밀린 잠 보충하느라 자야 되구요. 그래서 친한 친구가 하나도 없어요.

어제 학교에서 어떤 아이가 저보고 그러더라구요. 학기 초에는 너랑 친해지고 싶었는데, 얼굴을 늘 찡그리고 있어서 접근하기 힘들었다고.

뮤스 오빠, 그래도 오빠 덕분에 일요일 점심때만이라도 웃게 되네요. 고맙습니다.

이런, 이런. 홍홍님한테 이런 사연이 있었군요.
제가 보기에는 아버님이 사회생활 하시면서 학벌 스트레스를 많이 받으시는 것 같아요. 뒷바라지 안 해 주신 부모님을 원망하는 마음도 있으신 거 같고. 문제는 그 스트레스를 하나밖에 없는 귀한 따님한테 공부 스트레스 주는 것으로 푼다는 것이겠죠? 그런데 이런 분들, 어디에나 있어요. 방송국에도 있어요. 본인의 스트레스를, 만만한 아랫사람한테 전가하는 거죠. 글쎄, 제가 워낙, 저, 이런 쪽으로는 문외한이라…… 죄송합니다. 이 방송 끝나고 불려 가서 혼나는 거 아닌가 모르겠습니다.
어쨌든, 본 뮤직 스토커, 아리따운 청춘을 누리지 못하고 성적 스트레스에 짓눌려 고통스러워하는 대한민국 청소년들을 생각하니 이 가슴이, 가슴이 찢어질 것 같습니다.
청소년 여러분, 좌우당간 힘내세요. 아자! 아자! 여러분에게는 길어 내도, 길어 내도, 마르지 않는 샘물 같은 청춘이 있지 않습니까?
노래 신청은 안 해 주셨는데, 우리 홍홍님이 들으면 힘 나는 노래, 뭐 없을까요? 아, 요즘 청소년들이 좋아하는 슈퍼주니어의 노래 〈차근차근〉 틀어 드리겠습니다. 오오, 지치지 마요, 힘을 내어 요오오오오.

오, 오, 지치지 마요. 힘을 내어요. 오, 조금만 더 오면 나를 느낄 수 있죠. 날 안아 줘요. 깊은 맘으로 가슴 가득히 나를 사랑해 주세요. 너무도 힘이 들 때면 두 눈 꼭 감고 달려와요.

2007년 6월 어느 일요일

안녕하세요, 안녕하세요!
FM 정오의 희망곡, 애청자 여러분의 영원한 귀염둥이, 나날이 주름살은 늘어나지만 그래도 영원히 귀염둥이로 남아 있으려 발버둥치는, 뮤직 스토커, 인사 올립니다.
오랜만에 반가운 사연 들어왔네요. 애청자 여러분도 기억하실 겁니다. 지난번 사연 들으시고 게시판에 따뜻한 위로와 격려의 글, 많이들 올려 주셨잖아요? 홍홍님입니다.

뮤스 오빠. 안녕하세요?
오빠 목소리 듣고 있는데도 기운이 나지 않네요. (이런, 저도 기운이 쏙 빠지네요.)
집에 들어가기 세 시간 전이에요.
집이 너무 싫고 무서워요. 아빠가 회사 안 나가고 집에만 계시니까 더 싫어졌어요.

　아빠는 영어를 못하고 학벌이 없어서 조기 퇴직 당한 거라고 하세요. 울 엄마는 고등학교밖에 안 나왔는데도 안 잘리는데, 그건 엄마가 운 좋게 공무원이 되었기 때문이고 공무원이란 직업은 철밥통이기 때문이래요. 그럼 나도 고등학교 졸업하고 공무원 되겠다고 했더니, 요새는 경쟁이 하도 치열해서 공무원 되는 게 낙타가 바늘 구멍 뚫는 격이라나요? 서울도 아니고 촌 동네에서 겨우겨우 상위권 유지하는 제 성적으로는 엄마처럼 우아한 공무원은커녕 환경미화원도 하기 어렵고 갈빗집에서 설거지하는 일이나 얻을 수 있을 거래요. 그래서 갈빗집에서 설거지하면 갈비는 많이 먹을 거 아니냐고 말했다가, 쪼끄만 게 말대꾸한다고 야단만 실컷 맞았어요.

　집에 들어가기 두 시간 오십오 분 전이네요.

　차라리 학원 수업이 늦게 끝났으면 좋겠어요. 아빠랑 공부하는 거 지겨워 죽겠어요. 지옥 같아요.

　아빠는 내가 방금 가르쳐 준 것도 돌아서면 까먹는다고 까마귀 고기를 먹었대요. 책을 읽거나 문제를 푸는 척만 하고 머릿속으로는 만날 딴생각한다고 대가리, (이크, 방송에서 이런 말 쓰면 안 되는데, 죄송합니다.) 머리에 똥이 잔뜩 들었대요. 밥 먹는 거나 옷 입는 거나 모든 행동이 빠릿빠릿하지 못하다고 굼벵이래요. 그러면서 만날만날 소리 지르고 화내요.

　당연히 엄마하고도 사이가 안 좋죠.

　어제 아빠가 담배 사러 나가고 없을 때, 엄마가 부엌에서 생선을 손질하시다가는 저를 부르셨어요. 아빠 성격 너무 싫다고, 엄마가 아빠랑 이혼해도 되냐고 물어보시는 거예요. 저는 안 된다고 했어요. 왜냐하면 아빠는 저를 너무 사랑하시거든요. 너무 사랑하니까 절대로 저를 엄마한테 내주지 않을 거라구요. 그럼 저는 엄마도 없이 아빠하고만 살아야 되잖아요? 울 아빠의 사랑은 숨이 탁탁 막히는 사랑이거든요. 엄마라도 있어서 제가 숨을 쉴 수 있는 건데, 엄마도 없는 집에서 아빠하고 단 둘이서 어떻게 살겠어요?

　집에 들어가기 두 시간 사십팔 분 전이에요. 머릿속에서 시곗바늘이 재깍거려요.

　저는 어쩌면 좋아요?

　정말, 우리 홍홍님, 요즘 너무 힘들겠어요. 옆에 있으면 등이라도 두드려 주고 싶네요. 샌드위치 가게 사장님, 듣고 계시죠? 저 대신 홍홍님 위로 많이 해 주세요.

　사는 게 쉽지 않아요, 다들. 사실은 아버님도 지금 몹시 힘드실 거예요. 상황이 바뀌면 변신을 해야 하는데, 대한민국 남성들이 변신을 잘 못합니다.

저는 생긴 건 산적 같아도 변신을 참 잘하거든요. 제가 만약 홍홍님의 아버님이라면, 살림의 여왕으로, (아니, 여왕은 못 되는 거군요.) 살림의 제왕으로 찬란하게 변신할 텐데……. 그래서 돈 벌어다 주는 아내와 소중한 외동딸을 위해 날마다 맛있는 요리를 해 줄 텐데 말이죠. 홍홍님이 정 공부에 취미가 없어 보이면 요리를 가르쳐서 부녀가 함께 식당을 열 수도 있을 텐데…….

홍홍님, 어때요? 본 뮤직 스토커의 딸이 되고 싶으시죠? 저도 얼른얼른 좋은 짝 만나서 홍홍님 같은 딸 낳고 싶어요, 흑흑.

노래는요, 생선 손질하시는 홍홍님의 어머니를 떠올리니까 바로 생각나네요. 산울림이 부르는 〈어머니와 고등어〉입니다.

한밤중에 목이 말라 냉장고를 열어 보니 한 귀퉁이에 고등어가 소금에 절여져 있네.

어머니 코고는 소리 조그맣게 들리네. 어머니는 고등어를 구워 주려 하셨나 보다.

소금에 절여 놓고 편안하게 주무시는구나. 나는 내일 아침에는 고등어구일 먹을 수 있네.

어머니는 고등어를 절여 놓고 주무시는구나. 나는 내일 아침에는 고등어구일 먹을 수 있네.

나는 참 바보다. 엄마만 봐도 봐도 좋은걸.

2007년 7월 어느 일요일

안녕하세요, 안녕하세요!
무더운 여름입니다.
FM 정오의 희망곡, 애청자 여러분의 귀염둥이, 여러분의 영원한 뮤직 스토커, 한여름 소나기처럼 시원한 인사 올립니다.
첫 사연, 홍홍님입니다. 오늘은 게시판에 사연 올려 주셨네요. 홍홍님, 뮤스가 은근히 기다린 거 아세요? 문자라도 좀 자주자주 보내 주시지. 홍홍님, 미워어어어잉.

뮤스 오빠, 안녕하세요?
저는 별로 안녕하지 못해요.
실은 중간고사 성적이 개판이에요. (개판? 듣는 개들이 거시기 하겠어옷. 홍홍님도 그렇고 요즘 청소년들이 말이 좀 거칠어요. 하긴 뭐, 저도 그 나이 때는 일부러 거친 말만 골라 쓰고 그랬답니다. 성장 호르몬 탓인가? 하하.)
공부를 안 한 것도 아니거든요. 진짜 열심히 했어요. 잠도 다섯 시간밖에 못 잤구요. 그 다섯 시간도 공부 걱정 때문에 푹 자지도 못했어요. 문제지 풀 때는 모르는 게 없었어요. 아빠랑 실제 시험 시간하고 똑같이 맞춰서 모의고사 쳤을 때는 올백이었어요.

근데 막상 시험지 받아 놓고는 머릿속이 하얗게 비는 거 있죠? 식은땀이 막 나고 손이 벌벌 떨려요. 너무너무 쉬운 문제인데도 답을 못 쓰겠는 거예요. 나도 모르게 눈물이 나서 울고 있으니까 선생님이 찬 물수건으로 얼굴이랑 손이랑 닦아 주시고, 마음 편하게 먹으라고 위로해 주셨어요. 덕분에 완전 망치지는 않았지만, 개판은 개판이죠 뭐.

아빠는 제 말을 안 믿어 줘요. 그게 다 실력이래요. 공부를 엉터리로 해서 그렇대요. 그러니까 제가 모의고사 답안지를 딸딸 외워서 올백 맞은 거고, 실제 실력은 꽝이었다는 거죠. 책상에 앉아서 공부하는 척하면서 머릿속으로는 쓸데없는 공상에 빠져 있었다는 거죠.

거기까지는 좋다구요. 억울하지만 어떡하겠어요? 아빠도 나 붙들고 가르치고 감시하고 야단치고 하느라 많이 힘들었으니까, 애쓴 만큼 보람이 안 나왔으니까, 나 같은 거 믿어 주고 싶지 않겠죠. 저도 그 정도는 이해한다구요.

하지만 뮤스 오빠, 성적이 개판이라고 사람이 개가 되는 거예요?

아빠는 그렇대요. (그러니까 개판이라는 말은 원래 홍홍님의 아버님이 먼저 하신 거네요. 홍홍님, 죄송.) 아빠가 저한테요, 너는 성적이 개판이니까 앞으로는 개 취급을 하겠다, 말 안 들으면 무조건 개처럼 패고 엉터리로 공부하면 개처럼 패겠다, 알겠니? 그래서, 제가, 아빠가 무서우니까, 예, 했거든요. 근데 저보고 개가 무슨 예, 라고 하느냐면서 개처럼 짖으래요. (아니 왜, 읽는 뮤스가 다 숨이 차고 열이 오르죠? 아버님도 참, 너무하십니다.)

그래서 제가 짖었어요. 멍멍.

정말로 개가 된 기분인 거 있죠? 귀염 받는 개도 아니고 복날 가마솥에 삶기 직전의 개.

이런 저에게도 희망이 있을까요?

패닉의 이적 오빠가 부르는 〈희망의 마지막 조각〉 듣고 싶어요.

홍홍님, 이럴 땐 진짜 안타까워서, 제가 어떻게 해야 할지, 무엇을 할 수 있을지……. 우선은 마음을 다잡는 게 중요합니다. 홍홍님, 인생 길거든요. 인생 곱절 더 오래 살아 본 이 오빠 말을 들으세요. 인생 기이이이이이일어요! 지금의 절망이 전부일 것 같지만, 그건 아주 짧고 가느다란, 인생의 잔가지 하나에 불과한 거예요. 홍홍님, 뮤스 오빠 말 듣죠? 어머님한테 다 말씀드리세요. 그리고 학교와 학원에서 최대한 시간을 보내면서 아버님과 부딪치는 시간을 아예 없애는 게 좋겠어요. 아버님도 지금쯤 후회하실 겁니다. 아버님한테도 시간이 필요할 거예요. 이혼까지는 아니더라두요, 어머님이 좀 강하게 나가시면서 아버님과 홍홍님이 냉각기를 가지도록 중재하는 일이 필요한 시점이라고, 저, 뮤스는 강력히 주장합니다.

　홍홍님, 뮤스가 홍홍님 힘내라고 구호 한번 외칩니다. 아자! 아자! 아자!

　패닉이 부릅니다, 〈희망의 마지막 조각〉.

　해질 무렵 여우비가 오는 날, 식탁 위의 작은 접시엔 메말라 버려 파리가 앉은 희망의 조각

　눈 비비고 취한 듯이 다가가 창문 밖에 던지려다가 높은 빌딩 숲 끝에 매달려 이 노랠 불러.

　왜 난 여기에, 왜 난 어디에 작은 몸을 기대 쉴 곳 하나 없을까.

　꿈은 외롭고 맘은 붐비고 내 핏속엔 무지개가 흐르나 봐

　달아나고파 날아가고파 이제 나를 자유롭게 풀어 주고파

　내 몸 안아 줄 저 허공의 끝엔 또 하나의 삶이 기다릴 것 같아.

　아, 가사를 보니까 또 불안해지네. 홍홍님, 인생 길거든요. 이제 사오 년만 참으면 성년이잖아요? 그때부터는 내 인생의 모든 결정, 내가 내리면 되는 거예요. 달아날 수도 있고 날아갈 수도 있어요. 하지만 지금은 홍홍님 마음 가는 대로 결정하지 말고, 어머님한테 결정권을 넘기세요. 한 사람이라도 의지할 대상이 있다는

게 얼마나 다행입니까?

  뮤스가 한 십 년 전에 읽은 책에요, 이런 구절이 있었어요. 제대로 기억하는 건지는 모르겠지만…… 땅 위의 길이란 본래 있던 게 아니라 사람들이 자꾸 다니니까 길이 된 거래요. 그것처럼 희망도 본래 있는 것이 아니라 엄청 노력해서 갈고 닦아야 비로소 보이는 거라고……. 홍홍님, 정오의 희망곡과 함께, 뮤직 스토커와 함께, 희망을 만들어 봐요. 알겠죠?

2007년 9월 어느 일요일

FM 정오의 희망곡, 마지막 사연입니다.

  뮤스 오빠.
  다 늙은 아줌씨가 총각한테 오빠, 하려니까 좋기도 하고 쑥스럽기도 하고 그러네요. 저 응응 학원 옆에 있는 응응 샌드위치 가게 주인이에요. (헐, 아주머니, 안녕하세요?)
  혹시 우리 홍홍에게 무슨 소식 있나 싶어 음악 신청 게시판에 글 올려요. 일요일 점심때마다 꼭 우리 집에 들러서 샌드위치 먹고 정오의 희망곡 들으면서 친구처럼 수다 떨곤 했던 아이가 벌써 몇 달째 안 보이네요. 처음에는 방학이라 집에서 과외라도 하나

보다 생각했는데, 개학했는데도 안 보이고 해서.
　가게 일이 바쁠 때는 도와주기도 잘하고, 얼마나 착한 아이였는지 몰라요. 나는 딸이 없어서 그 아이가 더 예뻤나 봐요. 우리 아들이 그 정도만 착하고 붙임성 있으면 내가 아주 물고 빨 텐데 말이에요.
　부디 그 착한 심성 잃지 말고 어디서든 잘 살아야 할 텐데……. 아이가 너무 힘들어할 때 헤어지고는 여태 소식을 못 들으니까 궁금하기도 하고 불안하기도 합니다.
　홍홍아, 어디서든지 이 방송 듣거든 언니한테 문자 한 통만 날려라, 나 잘 산다고. 알았지?
　언니가 좋아하는 노래 틀어 달라고 할게. 함께 듣자.
　뮤스 오빠, 비가 부르는 〈나〉, 부탁해요.

　그러게 말입니다. 홍홍님. 뮤직 스토커가 그립지 않으세요? 한 달에 한 번 정도는 문자로든 게시판으로든 사연 보내던 친구였는데, 이제 그거 할 시간도 없이 바빠졌나요?
　아마 그럴 거예요. 요즘 청소년들이 어디 보통 바빠야 말이죠.
　또 이런 경우도 있더라구요. 부모님이나 친척들이 우연히 차를 타고 가다가 사연을 들은 거예요. 그러면 왜 좋지도 않은 얘기를 동네방네 퍼뜨리느냐면서 다시는 라디오에 사연 같은 거 못 보내게 막는 경우 말입니다.

　무슨 까닭으로 본 뮤직 스토커를 버리셨는지는 모릅니다만, 흑흑흑, 홍홍님, 정말 어디서든지 잘 살고 있기를 바랍니다.

　홍홍, 홍홍, 호옹호옹. 아이디가 참 묘해요. 우는 소리 같기도 하고 웃는 소리 같기도 하고…….

　홍홍님, 언제라도 문득 저, 뮤직 스토커가 생각나거들랑 문자 한 통 띄워 주세요. 호옹호옹.

　월드스타 비가 부릅니다, 〈나〉.

　내가 이루고 싶은 꿈을 향해 걸어갈 때, 끝이 보이지도 않는 길을 향해 걸어갈 때,

　주위의 모든 사람들 계속 안 되는 이유들만 내게 말해 대고 계속 겁을 주고 나를 주저앉히려 했지만

　나는 믿었어, 날. 나는 알고 있었어, 날. 밟히면 밟힐수록 더욱 강해지는 잡초 같은 날!

　비바람이 불어와도 넘어지면 일어나고 결국엔 세상 앞에 환한 꽃을 피우고 마는 날!

2007년 9월 같은 날, 오프더레코드(off-the-record)*

뮤스 오빠, 안녕하세요?

저, 홍홍이에요.

이거 방송은 하지 마시고, 오빠 혼자만 읽어 주세요. 이 프로그램 꼭 챙겨 듣는 친구가 있거든요. 그 친구가 듣고 있단 생각하면, 어쩐지 창피해서요.

친구 하나도 없대 놓고선 웬 친구냐구요? 왜, 접때, 제가 항상 얼굴 찡그리고 다닌다고, 그래서 접근하기 힘들다고 말해 준 아이 얘기, 잠깐 했던 거 기억 나세요? 알고 보니, 걔도 뮤스 오빠 광팬이었던 거예요. 그 사연 듣고는 단박에 홍홍이 누구인지 눈치 챘대요. 그리고는 제가 시험 시간에 막 울고 이상한 짓 하다가 시험 망친 얘기가 방송 나오니까 가만 있으면 안 되겠다 싶어서, 우리 엄마가 근무하는 동사무소에 연락해서 엄마한테 시시콜콜 다 말했나 봐요.

엄마는 아빠랑 저 사이에 그런 일까지 있었던 것은 몰랐으니까 당연히, 너무너무, 놀랐죠. 사무실에서 인터넷으로 FM 라디오 다

---

* 오프더레코드(off-the-record)는 매스미디어 종사자에게 취재원(정보제공자)이 비보도를 전제로 막후의 어떤 이야기를 해 주는 것을 말한다.

시 듣기를 하려고도 했다는데, 요새는 음원 저작권 문제 때문에 다시 듣기가 안 된다면서요? 그렇다고 퇴근하자마자 학원으로 저를 찾아온 거 있죠?

그날, 학원 수업 땡땡이 치고 엄마랑 이런저런 얘기, 엄청 많이 나눴어요. 제가 살고 싶은 마음, 죽고 싶은 마음이 반반이라고 했더니, 엄마도 아빠랑 끝장내고 싶은 마음, 계속 살고 싶은 마음이 반반이랬어요. 그러면서 기왕에 반반인 거, 좋은 쪽으로 기회를 줘 보재요. 엄마가, 저 대학 들어가면 온 가족이 유럽 여행 갈 자금을 몰래 모으고 있었나 봐요. 천만 원이 목표였는데, 육백이십오만 원밖에 못 모았대요. 그거 탈탈 털어 아빠한테 주면서 몇 달 여행 다녀오라고, 집 떠나서 반성 좀 하라고, 그러고도 반성이 안 되면 깨끗이 갈라서자고 하더군요.

놀라운 것은 아빠의 반응이었어요. 두말없이 동의하더라구요. 실은 저를 그렇게 개 취급한 다음부터 입맛이 싹 달아나고 잠을 못 자서 무슨 돌파구든 돌파구가 필요했다나요. 요즘 울 아빠, 엄청 들떠 있어요. 난생 처음 가는 해외여행이니 오죽하겠어요? 어디 가느냐면, 축구 잘하는 아르헨티나, 브라질 같은 나라들 있는 남아메리카 있잖아요? 아빠는 옛날부터 아마존엘 꼭 가고 싶었대요. 아마존에서 우리 지구의 허파를 느끼면서 숨 한번 크게 쉬어 보겠다나 뭐라나. 그 대목에서 저는 피식, 웃고 말았답니다. 아빠 때문에 숨도 못 쉬고 산 게 누군데 아빠가 지금 그런 말을 하느냐, 싶었거든요. 여하튼 저는 오 년 후에 아빠 빼고 엄마랑 둘이서만 유럽 가기로 했어요. 핀란드나 노르웨이나 스웨덴처럼 여자들이 당당하게 사는 나라들을 둘러보고 싶어요. 당장 엄마랑 여행 자금 모으는 통장을 만들었답니다.

저는 그 친구랑 같은 데 다니려고 학원 옮겼어요. 샌드위치 가게 언니 못 보는 게 아쉽긴 한데, 첨 사귄 친구가 너무너무 좋아서 어쩔 수 없었어요. 이 친구랑 있으면 시간 가는 줄을 몰라요. 세상에, 친구랑 노는 재미가 이런 건지도 모르고 죽을 뻔했으니 아찔하지 뭐예요?

가게 언니한테도 문자 보냈어요.

"언니, 걱정 마세요. 홍홍은 잘 살고 있어요. 이번 주 토요일 다섯 시에 친구랑 친구 이모랑 샌드위치 먹으러 갈게요."

뮤스 오빠, 오빠는 토요일 저녁에 시간 어떠세요?

친구 이모가 영화 보여 주기로 했는데. 그 언니, 완전 멋쟁인데.^^

|||| 박정애 ||||

서너 해 전. 저녁 먹고 딸아이를 씻기는데 가슴뼈 아래쪽에서 딱딱한 몽우리 같은 것이 만져졌다. 이게 뭐지? 고개를 갸웃거리다 뇌리를 스치는 단어 하나에 심장이 덜컹 내려앉았다.

종양…… 종양…… 종양…….

밤잠을 꼬박 설쳤다. 마음속에서 천 가지 만 가지 모양과 크기의 종양들이 빼주룩빼주룩 자라났다. 날이 밝자마자 딸을 데리고 병원으로 달려갔다.

딸의 가슴 아래쪽을 진찰한 의사는 심드렁하게 말했다.

"그냥 뭐, 섬유가 뭉친 것 같은데요."

"섬유라뇨? 무슨 섬유요?"

의사는 여전히 심드렁한 어투로 자기 말만 했다.

"만의 하나 악성일 수도 있으니까 큰 병원에서 검사를 해 보시든가."

다시금 심장이 덜컹거리기 시작했다. 그길로 딸 손목을 붙들고 큰 병원을 돌아다녔고, 마침내 별 문제 없는 섬유 덩어리라는 천만다행한 결과를 얻었다.

그날 밤, 잠든 딸의 가슴 아래쪽을 만지며 맹세했다.

건강하게만 자라 다오. 아무것도 더 바라지 않으마.

하지만, 사람의 맹세란 깨어지기 쉬운 것이고 욕심이란 헤아리기 어려운 것이라, 자꾸만 건강 이상의 무언가를 바라게 된다. 공부도 제가 알아서 척척 잘해 줬으면, 키도 제가 알아서 늘씬하게 커 줬으면, 생각도 제가 알아서 깊이와 넓이를 더했으면, 장래희망도 제가 알아서 야무지게 정하고 한결같이 노력했으면, 기타 등등…….

오늘도 그런 욕심 때문에 딸과 다투고, 딸과 나의 생명력을 갉아먹고, 소중한 하루를 낭비했다.

악성 종양이 따로 있나. 내 욕심이 악성 종양인걸.

이제는 덜컹거리지 않는 심장에 손을 얹고 어느 날 밤의 간절하기 그지없었던 맹세를 떠올리는 날이다.

쥐포

이 경 화

1972년 충남에서 태어나 서울에서 자랐다. 〈시와 동화〉에 「마지막 나무들의 숲」을 발표하면서 본격적인 작품 활동을 시작했다. 하이텔 주최 신인문학상에서 소설 부문 대상을 수상했다. 지은 책으로는 청소년 소설 〈나〉 〈나의 그녀〉, 동화 〈장건우한테 미안합니다〉 〈구원의 여인 김만덕〉 등이 있다.

소곤거리는 말소리, 휘리릭 책장 넘기는 소리, 드르렁 코고는 소리를 일시에 묻어 버린 건 수학 선생이었다.
 "대학 안 갈 거야?"
 선생의 뭉툭한 손가락에 툭툭 잘려 나간 분필들이 정지해 있는 학생들에게 날아들었다. 수학 선생은 수업 시간이면 학생이 조는 건지 선생이 조는 건지 판단이 불가능할 만큼 교실 구석구석에 백색의 수면제를 뿌려 대는 장본인이다. 그럼에도 불구하고 어스름 밤이 시작될 무렵부터 팔팔해져서는 난데없이 교실을 습격한 후 분필 세례며 몽둥이 세례를 골고루 나눠 주곤 한다.
 "고삼은 인간이 아니다. 복창!"

"고삼은 인간이 아니다!"

학생들은 선생을 진정시키기 위해 마지못해 웅얼거렸다.

"사당오락이라고 했다. 네 시간 자면 붙고 다섯 시간 자면 떨어지는 거야. 올 한 해 죽었다 생각하면 한평생이 편해. 인간답게 살기 위해서 이 정도 고생을 못 하겠냐! 또 자다가 걸리는 놈 있으면 죽을 줄 알아!"

선생이 나간 후 잠시 조용하던 교실은 다시 소란스러워졌다.

얼굴을 책상에 파묻고 내내 잠을 자던 승근이 덕분에 덩달아 분필을 맞은 용수는 풀고 있던 문제집을 소리 나게 덮었다.

"씨발, 고삼이 왜 인간이 아니냐, 수학 선생이니까 증명을 해 보라고 해."

무스를 발라 잔뜩 세운 머리카락 한가운데 턱하니 얹힌 분필을 털어 내며 승근이 대꾸했다.

"그거 증명할 수 있으면 수학 선생 하고 있겠냐? 자고로 분수를 모르는 게 수학 선생이고 주제를 모르는 게 국어 선생이고, 도덕을 모르는 게 도덕 선생이고, 또 뭐 있냐?"

"몰라, 개새끼야."

"이 새끼는 말끝마다 입에 걸레를 무네."

승근이 용수의 멱살을 잡으려는 순간, 뒷자리에 앉은 재삼이 승근의 팔을 잡았다. 용수는 재삼을 한 번 힐끗 쳐다보더니 의자를 당겨 앉는다. 승근이는 본격적인 취침을 위해 책상 위에 교과서를 겹쳐서 올려놓고 그 위에 얼굴을 파묻었다.

재삼은 칠판 귀퉁이에 학력고사 날짜를 알리는 숫자를 올려다봤다. 고3이 시작된 지 이 개월이 지났다. 주번은 하루하루 D-day 날짜를 줄여 간다. 날짜는 줄어들지만 머리카락은 자라고 키도 자라고 계절도 변함없이 바뀌고 있다.

다시 두런두런 떠드는 소리, 만화책을 보며 키득거리는 소리, 희미하게 코고는 소리가 들리기 시작했다. 그 소리들 사이로 뚜벅뚜벅 구두 소리가 섞여 들어왔다. 이준범 선생이다. 하얀 눈이 소복하니 내려앉은 것처럼 머리카락이 센 선생은 조용히 하라고 소리치지도 교탁을 쿵쿵 내리치지도 않고 산책이나 나온 것처럼 학생들 사이를 느긋하게 걷고 있다. 선생은 국어 담당으로 재삼의 2학년 담임이기도 했다. 수업이 재미없거나 자고 싶은 학생은 자도 좋다고 했지만 두 눈 말똥말똥 뜨고 있는 학생들이 많았던 시간도 바로 국어 시간이었다.

코리아나의 '손에 손 잡고— 벽을 넘어서—'를 부르며 동대문 운동장으로 잠실 체육관으로 질주하던 것이 작년이다. 88년 올림픽 유치는, 인생의 당락을 결정한다는 학력고사를 앞두고 준 고3이며 반만 인간이라는 반인반수의 시절에 국영수는 물론이요, M16 모형 총을 휘두르며 멸공을 외치던 교련까지 제치게 만든 난공불락의 거대한 성이었다. 학생들이 조직적으로 동원되어 입성하던 어느 날, 이준범 선생은 말했다.

"나는 올림픽을 반대한다. 올림픽은 취약한 정권의 정당성을 확보하기 위한 반민중적 행사다."

탁구 선수 유남규와 유도 선수 김재엽에 열광하던 학생들은 쿠데타로 정권을 잡은 전두환 대통령이 군부독재를 주야장천 유지해 오고 있다는 것을 기억해 냈고 자신들이 민중인지 아닌지 잠시 고민했다. 재삼이 처음으로 집회에서 이준범 선생을 본 것도 올림픽 반대 집회였다. 이준범 선생은 올림픽이 끝나면서 담임 자리에서 쫓겨났다. 학생들을 의식화시키고 불온한 집회에 참석했다는 것이 그 이유였다. 얼마간 임시 담임을 했던 미술 선생은 쓰레기통 옆에 쭈그려 앉아 꽁초를 피우며 일거리가 늘어난 것에 대해 넋두리를 했고 학생들은 그런 선생에게 다가가 종례를 부탁하며 한탄을 해야 했다. 며칠이 지나지 않아 이준범 선생의 교과목은 한문으로 바뀌었다. 이제 아이들은 일주일에 한 번씩만 선생을 볼 수 있다.

재삼은 보름 전 '바른교사협의회'가 주최한 집회에서 선생을 보았다. 동료 교사들과 어울려 구호를 외치던 그는 학교에서처럼 혼자가 아니었다. 그리고 지금, 학교에서 보는 선생은 집회에서 본 것과 다른 느낌이다. 재삼은 손을 번쩍 들었다.

"선생님, 질문 있습니다."

승근이와 용수는 마치 자신들이 질문을 받은 것처럼 난감한 표정이다.

"대학에 안 갈 사람은 집에 가도 됩니까?"

"가라."

선생의 대답은 짧았다.

"화장실에 다녀와도 되냐는 소리를 잘못 들은 거 아니야?"

승근이 용수에게 속삭였다.

"책임은 져라."

선생은 다시 말했다. 동요하는 기색이라고는 전혀 찾아볼 수 없다. 선생은 천천히 등을 돌리고 나갔다. 용수와 승근이 채근하듯 물었다.

"왜 그래?"

"대학 안 갈 거야?"

"너 또 데모하러 갈려고 그래?"

재삼은 씁쓸하게 웃었다. 동아리에서 곧잘 어울리곤 했던 용수와 승근이다. 같은 반이 되면서 셋이 하나인 것처럼 어울려 다니기도 했다. 하지만 이제 어른들 몰래 담배를 나눠 피우는 것도 여자 친구를 만나러 가는 것도 용수와 승근이 둘이서만 하고 있다.

"안 가, 지금은, 오늘은. 그냥 이준범이라면 어떻게 말할지 궁금해서 물어본 거야."

"하긴, 선생님다운 대답이었네."

자율학습이 끝난 시간은 밤 열 시였다. 육십 명이 넘는 아이들은 교실에 불이라도 난 것처럼 조금이라도 일찍 탈출하느라 좁은 문 사이로 서로의 어깨를 부딪쳤다.

"오늘은 얘기 좀 하자."

용수는 재삼의 팔을 끌었다. 갸름한 얼굴에 은테 안경을 쓴 용수는 재삼보다 키가 머리 하나쯤 작다. 하지만 체격이 다부져서 완력은 그 누구 못지않다. 재삼은 싸울 듯이 팔을 잡아끄는 용수에게 이끌려 일어섰다. 승근이도 뒤따라 왔다. 셋은 학교 근처에 있는 공원으로 갔다. 교복을 입은 채로 한 떼의 아이들이 담배를 피우고 있다. 재삼도 자연스럽게 담배를 빼어 물었다. 그때 앙칼진 목소리가 들려왔다.

"아유, 지겨워. 이 시간만 되면 지랄들이야. 너네 어느 학교 학생들이야?"

공원으로 창문이 나 있는 다세대 2층 창문 밖으로 머리를 빠글빠글하게 볶은 아줌마 하나가 얼굴을 쑥 내밀고 소리치고 있다.

"대학생이에요."

저편에 있는 아이들이 대거리를 했다.

"어느 대?"

"군대요."

"꼴깝들 하고 있네. 저런 것들은 확 삼청교육대에 보내 버려야 되는데. 징글징글하다, 징글징글해."

문이 부서져라 닫히는 소리가 났다.

"나도 담배 좀 줘라."

승근이 말했다.

"아까 화장실 환풍기에 쑤셔 박아 놓은 담배 꽁초를 보면서도 생각이 안 났는데 저 아줌씨가 내 가슴에 불을 댕긴다."

"야, 가슴에 댕기지 말고, 담배에나 댕겨."

재삼이 불을 붙여 주었다.

"저 아줌씨 전두환이 만든 삼청교육대 말한 거지?"

승근이 재삼을 건너다보며 물었다.

"그래, 88올림픽 앞두고 조직폭력배 소탕이니 어쩌니 하면서 반정부인사까지 모조리 잡아넣은 게 삼청교육대지. 거기 가면 시체가 돼야 나올 수 있다던데. 참, 올림픽 끝나면 모두 풀어 준댔잖아. 어떻게 돌아가는……"

용수는 재삼의 말허리를 잘랐다.

"씨발. 그런 소리 그만 하고. 승진이 형도 웃기다."

잔뜩 가시가 돋쳐 있는 목소리다. 재삼은 마음을 누그러뜨리며 대꾸했다.

"형이 왜?"

"막말로 그 형은 대학 갔잖아. 그리고 전교조 선생님들도 다 대학 가서 선생님 된 거 아니야? 근데 왜 너를 자꾸 불러 대. 너도 대학을 가야 데모인지 씨부렁탱인지 할 거 아냐."

"데모하러 대학에 갈 거라면 지금도 할 수 있으니까 안 가도 된다는 말이 앞뒤가 맞는 거 같은데."

"이빨 까지 말고."

용수는 뭐라 더 말하려다 말고 애꿎은 손가락만 꺾어 댔다. 뚝뚝 소리가 나게 열 손가락을 모조리 꺾고 나서 손으로 턱을 잡고는 목에서도 우두둑우두둑 소리를 냈다.

어색한 침묵을 깬 건 승근이었다.

"네 이름의 진실을 알기 전까지 대학에는 가는 게 좋지 않겠어?"

"뭐? 진실?"

"용수 너는 모르냐? 얘 이름이 재삼이잖아. 세 개가 있다. 하나는 여자일 테고 또 하나는 담밴가? 이 새끼 꼴초잖아. 그리고 또 하나는 혹시 대학 아닐까?"

재삼은 대학이라는 말이 나올 때마다 가슴에 커다란 바위 하나가 쿵 하고 내려앉는 것 같다. 중학교 때까지만 해도 꽤 괜찮은 성적이었다. 학생들의 자치활동을 규제하고 밤늦은 시간까지 자율학습을 강제하며 명문대 입학생을 가장 많이 배출하고 있는 것으로 유명한 이른바, 명문 고등학교로 배정 받았던 순간에는 운명의 실타래가 풀려 나가는 기분이었다. 재삼은 무사히 대학이라는 골인 지점을 향해서 질주할 수 있다고 생각했다. 목이 말라도 몸에 상처가 나도 헛발질을 해 대며 뛰었다. 그러다가 승진이 형을 만나면서 돌부리에 걸려 넘어지기 시작했다. 문예반 동문 체육대회에 처음 모습을 드러낸 형은 〈녹슬은 해방구〉를 멋들어지게 불렀다.

"그 해 철쭉은 겨울에 피었지—."

느리게 이어지는 곡조는 쉰 듯한 형의 목소리 때문에 더욱 서럽게 들렸다.

"동지—들 흘—린 피로
앞서간— 죽음 저편에—
해방—의 산마루로 피—었—지
그 해 우—리는 춥지는 않았어—."

노래를 들은 재삼은 혼이 빠져 나가는 기분이었다. 이후로 형은 곧잘 동아리방을 찾았다. 재삼은 아홉 권이나 되는『녹슬은 해방구』도 형에게 빌려 읽을 수 있었다. 빨치산의 삶을 다룬 책이었다. 걸리면 감옥 가는 금서라는 말에 숨을 죽여 가며 몰래몰래 읽었다.

형이 권한 첫 스터디에서 받은 질문은 이것이었다.
"왜 대학에 가려고 하는 건데?"
한 번도 생각해 보지 않은 문제였다.
"그래야 더 많은 일을 할 수 있잖아요."
"많은 일? 남들보다 더 많은 부를 갖고 남들보다 더 많은 명예를 얻는 일? 그러면 너는 행복해질까?"
당연하다고 생각해 오던 것들이 보잘 것 없이 쓰러지기 시작했다. 스터디를 거듭할수록 한 치의 의심도 없던 것들부터 굉음을 내며 무너지기 시작했다.

"솔직히 너희들은 왜 대학에 가려고 하는 거야?"
재삼은 대학이라는 말에 힘을 주며 물었다.
"그래야 미팅도 많이 하고, 연애도 많이 하고, 취직도 잘 하고, 먹고는 살아야지. 처자식도 먹여 살리고, 애새끼도. 말하고 나니까 우울하다. 에이 씨, 이렇게 맛 없는 걸 왜 피고 지랄이야. 자고로 어른들 말이 틀린 게 없어요."

승근이 담배를 발로 비벼 끄며 말했다.

"어른?"

"저 아줌씨가 그랬잖아, 지랄이라고. 아, 지랄 맞은 인생이야. 인간도 아니게 일 년을 살려니 이게 미치지 않고서 되겠냐. 지랄이라도 해야지. 상미는 왜 그만 만나자고 하는 걸까? 딴 남자가 생겼나?"

재삼은 아까부터 팔짱을 끼고 앞만 바라보고 있는 용수에게 물었다.

"너는? 너는 왜 대학 가려고 하는 거야?"

"네가 원하는 대답을 해 주지."

용수는 미동도 없이 말했다.

"그래, 씨발. 나 혼자 잘 먹고 잘살려고 대학 간다. 꼭 가야만 하겠다. 어쩔래, 새끼야."

"내가 한 말이랑 똑같네. 벌써부터 처자식 걱정하는 나같이 훌륭한 남자를 상미는 왜 마다하는 걸까? 나쁜 년."

재삼은 승근이 계속 말하려는 것을 손으로 저지했다.

"나는 좀 정상적으로 살고 싶은 거야. ……어떤 삶이 가치 있는 삶인가 고민 중인 거지. 한 번뿐인 인생이잖아, 되돌릴 수도 없는. 개인적인 성공의 길인가, 모두 함께 잘사는 사회를 만드는 것인가. 나는 이준범 선생님이 노동자라서, 아니 자신이 노동자임을 알아서 존경해. 얼마나 많은 노동자들이 쁘띠 부르주아의 사고로 살고 있냐."

"까구 있네. 너 또 맑스니 엥겔스니 얘기하려고 설레발 푸는 거지?"

냉담한 용수의 대꾸에 재삼은 입을 다물어 버렸다. 아직은 쌀쌀한 봄바람이 가슴팍에 파고든다. 계절은 또 바뀔 것이다. 하지만 지금 공원을 가득 채우고 있는 알싸한 소나무 냄새는 잊지 못할 것 같다. 승근이 느닷없이 킥킥대며 말했다.

"날씨가 맑스? 나한테 앵기겠스?"

"그런 소리가 나오냐! 이 새끼는 어떻게 된 게 진지할 때가 병아리 오줌만큼도 없어!"

용수의 퉁바리에도 굽힘 없이 승근이 말했다.

"병아리 오줌? 그거 은유법 맞지? 내가 한 국어 하잖아. 휴, 이준범이 국어 가르칠 때가 좋았지. 자고로 선생이란 배경 지식이 많아야 하는 법인데, 어떻게 된 게 아름다우신 김효경 선생님은 미모로만 밀어붙이시는지 참 고맙기도 하셔."

"조용히 좀 해 봐, 씹새야."

"걸레나 뱉고 말해, 열 마리의 새야."

재삼은 바람이 눈에 보이는 것처럼 손으로 잡는 시늉을 하며 지나가는 말인 듯 물었다.

"그러지 말고 이번 집회에 한번 같이 가 보는 게 어때?"

용수는 얼굴이 굳어졌다.

"여자도 많이 와?"

승근이 들떠서 물었다.

"승팔이, 동팔이, 영팔이 다 온대냐?"

용수가 재삼을 힐끗 쳐다보았다.

"승진이 형, 동석이 형은 오고 영욱이 형은 못 온대."

"개새끼들."

용수는 침까지 찍 뱉으며 말했다.

"거, 듣기 싫다. 왜 자꾸 형들을 욕해!"

재삼이 자리에서 벌떡 일어섰다.

"맞아. 이 새끼 걸레는 십 년 동안 빨지도 않은 걸레야. 재삼아, 나는 갈래. 여자 잊는 데는 여자가 최고랬어. 상미 년 잊을 방법은 더 좋은 년을 만나는 방법밖에 없어."

"그래 뭐, 동기야 어떻든."

용수는 한숨을 푹 내쉬더니 자리에서 일어나 앞장서서 걷기 시작했다. 희미한 가로등 불에 오른쪽으로 비스듬하니 기울어져 있는 어깨가 도드라져 보인다. 재삼은 승근이와도 헤어져 집으로 가는 골목으로 들어섰다. 승근이 했던 말이 떠오른다. 삼이 있어서 재삼이라고 이름을 지은 건 지금은 돌아가신 할아버지였다. 역학을 오랫동안 공부하신 할아버지는 집안에 아이가 태어나면 이름을 지어 주시곤 했는데 유독 재삼의 이름을 짓고는 기뻐하셨다고 했다. 재삼은 그것도 어쩌면 부모님이 만들어 낸 얘기일 것 같다는 생각이 든다. 그 세 개가 무엇인지는 살면서 찾아진다고 했으니 말이다. 미리 알아 버리면 세 개를 찾을 수 없다고 했으니 말이다.

재삼은 잠자리에 들기 전에 다시 한 번 자명종을 확인했다. 전국교직원노동조합 협의회를 출범시키기 위해서는 한 개 한 개 집회의 성공 여부가 중요하다. 처음 형들을 따라 집회에 참여했을 때 가졌던 설렘과 흥분은 이제 긴장과 책임감으로 바뀌고 있다. 재삼이 맡은 반은 네 개다. 아이들이 등교를 하기 전, 책상 위에 전교조 출범의 필요성과 집회 공지를 알리는 프린트물을 놓아야 한다. 0교시 수업이 여덟 시부터 시작하니 한 시간 전에는 일을 마쳐야 한다. 벌써 새벽 한 시가 넘어서고 있다.

재삼은 자명종이 울리기 전에 눈을 떴다. 몸은 피곤했지만 머리는 맑다. 식구들이 깨지 않도록 옷만 챙겨 입고 서둘러 집을 나섰다. 교문은 커다란 자물쇠로 잠겨 있었다. 학교 담을 타고 넘어 교실로 들어갔다. 여섯 시 삼십 분이다. 서둘러 창문을 통해 안으로 들어가 책상 위에 종이를 한 장씩 올려놓았다.

참교육을 지향하는 선생님과 함께하고 싶습니다.
노동조합을 인정하라.
군부독재 타도.

종이 위에 적힌 구호가 창문을 통해 들어오는 햇살을 받아 빛이 났다.

재삼은 밖으로 나와 의자에 앉았다. 그리고 새벽의 청명한 공기 속에서 잠시 졸았다. 짧지만 단잠이었다. 다시 교실로 들어왔을 때 교실 문은 열려 있었다.

재삼은 팔짱을 끼고 앉아 아이들이 하는 양을 흘낏거렸다.

"드디어 우리 학교도 전교조 바람이군."

"광성 애들은 데모도 했다던데."

"고삼 애들도?"

"고삼이 주동했대."

"무섭게 정신 나간 놈들."

"근데 이거 누가 놓은 거야?"

재삼은 종이를 접어 바지 주머니에 넣는 아이들을 유심히 바라보았다. 한 사람이라도 와서 힘을 보태 주었으면 하는 마음이 간절하다. 여덟 시를 몇 초 앞두고 용수와 승근이도 도착했다. 창문 밖을 내려다보았다. 거대한 교문이 닫히고 있다. 한 발의 차로 늦은 아이들이 하나 둘씩 교문에 매달리는 게 보였다.

승근이 재삼에게 얼굴을 들이댔다. 물을 것이 많은 얼굴이다. 하지만 곧 영어 선생님이 들어왔고 모두들 교과서를 폈다.

재삼은 밀려오는 잠을 주체할 수가 없어 수업 시간 내내 잠을 잤다. 그렇게 하루가 가려니 했다.

"야!"

누군가 재삼의 어깨를 흔들어 깨웠다.

"야, 방송 안 들려? 숙직실로 오라잖아."

승근이다.

"학주가 숙직실로 부르면 뻔하잖아. 어떡하냐?"

재삼은 잔뜩 걱정하는 승근이를 뒤로하고 교실을 나섰다. 낭패감이 스쳤다. 종이를 돌리며 재삼이 본 것은 다른 반 창문을 넘어가고 있던 아이들뿐이었다. 같은 배를 탄. 힘겹게 일층으로 내려가 숙직실 문을 열었다.

예상했던 대로 재삼을 맞은 건 책상 위에 수북이 쌓인 종이다발이었다.

"너 이 새끼, 이거 네가 한 짓이지?"

대체 누가 본 것이며, 또 누가 고자질을 한 것인가? 하는 생각도 잠시였다.

"엎드려 뻗쳐, 새끼야, 너 작년에 이준범 반이었지? 참교육 지랄하고 있네."

각목이 재삼의 엉덩이를 강타했다. 한 대, 두 대, 세 대.

"그럼 우리가 하는 교육은 짜가냐? 짜가야?"

네 대, 다섯 대.

엉덩이가 내려가기 시작했다.

"선생이 어떻게 노동자야? 어떻게 노가다야?"

여섯 대, 일곱 대, 여덟 대.

팔과 다리가 부들부들 떨리고 얼굴로 피가 몰린다.

"미친 새끼, 성적도 거지 같은 게 공부하기 싫어서 이 짓이지? 그럼 너나 하지 마, 새끼야. 어디서 선동질이야!"

아홉 대, 열 대.

재삼은 얼굴이, 팔이, 다리가, 엉덩이가 그대로 터져 버리는 것 같다. 머릿속이 하얘져서 아무런 생각도 나지 않았다.

"일어나!"

재삼은 악문 이 사이로 피비린내를 맡았다. 하지만 더욱 이를 악물었다. 그렇게 하지 않고서는 무릎이 꺾일 것 같았다. 학생주임은 호흡을 고르며 거울 앞으로 갔다. 벌건 얼굴 위로 얼마 남지 않은 머리카락이 지저분하게 거미줄을 치고 있다. 통통한 손을 들어 머리카락을 머리통 위에 가지런히 정돈하던 그는 거울로 재삼을 바라보았다. 그러고는 등을 휙 돌려 따귀를 올려붙였다.

"어디서 노려봐? 이 빨갱이 새끼가!"

그 바람에 재삼의 얼굴도 돌아가고 기껏 늘어놓은 학생주임의 힘없는 머리카락들도 다시 얼굴로 쏟아졌다.

"처음 걸린 거니까 이 정도로 봐준다. 내일 당장 부모님 모시고 와. 너 이 새끼, 한 번만 더 걸리면 고삼이고 뭐고 퇴학이야!"

재삼이 힘겹게 문을 나서는데 다시 뒤통수가 흔들렸다. 학생주임의 작은 손이 다시 한 번 매섭게 돌진한 것이다.

숙직실을 나서자 청소를 마치는 종이 울리기 시작했다. 재삼은 한 걸음 한 걸음 힘을 주며 천천히 교실로 들어갔다. 이미 종례도 끝났는지 교실 안은 시끌시끌했다. 승근이 다가오더니 속삭였다.

"담임한테 가 봐."

재삼은 아직 교탁을 정리하고 있는 담임에게 다가갔다.

"선생님."

담임은 고개를 들어 아이들을 재빠르게 훑고는 재삼에게 가까이 오라는 손짓을 했다. 그러고는 낮은 목소리로 물었다.

"정치 조직에라도 가입해 있는 거니?"

"아닙니다."

"그렇건 아니건, 난 조용히 지내고 싶다."

담임은 곤혹스러운 표정이다.

"학교에서만 문제를 일으키지 않으면 출석은 안 해도 된다."

"네?"

"무슨 말이냐면, 어쨌든…… 뭐, 대충 알겠지?"

"네."

재삼은 자리로 돌아왔다.

"얼마나 맞은 거야?"

승근이 물었다.

"그냥, 좀."

"괜찮아?"

"씨발, 괜찮겠냐."

재삼은 이를 악물며 대꾸했다.

"너는 공부나 존나 해라. 나는 가야겠다."

"뭐라구?"

승근이 툴툴댔다.

"친구 놈 하나는 아프다는 핑계 대고 고액과외 받으러 가고 또 한 놈은 뽈갱이 짓 하러 가고 유일하게 있었던 여자 친구는 딴 놈이랑 눈 맞아서 도망가고 열 마리 새가 날아다닌다, 날아다녀. 우울한 내 인생."

재삼은 욱신거리는 엉덩이에 가만히 손을 대었다. 꼭 눌러 붙은 팬티를 감히 뗄 엄두가 나지 않는다. 힘이 풀린 눈으로 승근에게 물었다.

"상미, 결국에는 그렇게 된 거야?"

"몰라, 새끼야. 이번 집회 때 뒤풀이도 하냐? 종로 이가니까 피맛골 근처잖아. 거기 가서 의식화된 여성 동지들하고 현 정권의 문제점에 대해서 사발 풀면서 소주 먹으면 되는 거 아냐. 그치?"

"관심은 온통 잿밥에만 있군."

재삼은 그제야 웃음이 났다.

종로 2가 탑골공원을 가득 메운 인파는 인도로까지 넘쳐나고 있었다.

재삼은 '참교육을 지향하는 고등학생 모임'의 깃발 아래 섰다. 이미 집회 때 여러 차례 얼굴을 보아 익숙한 아이들과 승진이 형, 동석이 형이 반갑게 맞아 주었다. 누군가 어깨를 쳐서 돌아보니 승근이었다. 베이지 톤으로 쫙 빼입고 모자까지 색깔 맞춰 눌러쓴 승근이는 딱 미팅 나온 모습이다.

"형, 안녕들 하셨어요?"

승근이 싹싹하게 인사를 했다.

"다른 학교는 문예반이 시위를 주동하는데 우리 학교는 어떻게 된 게 문예반 애들조차 찾아볼 수가 없냐?"

"달리 명문고겠어요? 유서 깊은 전통을 자랑하는 학교에 걸맞는 학생들로 교육되고 있는지라 머리에 지진 나게 참고서를 파느라 바쁜 거죠."

승근이 재빠르게 입을 놀리며 주위를 두리번거렸다. 그러고는 재삼에게 속삭였다.

"저기, 두 번째 서 있는 여자 애 끝내 준다. 상미 저리 가란데. 이 자식, 그 동안 왜 뽈갱이 짓 했는지 알 것 같다."

재삼은 승근의 얼굴을 잡고 시선을 돌려 주었다. 승근이 놀라 입을 다물지 못했다.

"난 태어나서 이렇게 많은 여자 애들이 있는 것도 처음 보고, 저렇게 많은 짭새들이 방패하구 몽둥이 들고 있는 것도 처음 본다."

"학주도 와 있다."

재삼은 대열을 이탈해 있는 사람들 중에 나무를 둘러싼 쇠울타리 위로 아슬아슬하게 한 발을 딛고 서서 아래를 내려다보고 있는 사람을 가리켰다.

"걸리면 정학이랬잖아."

"나는 퇴학이랬어."

승근이 모자를 더 푹 눌러썼다. 그리고 나서도 뭐 마려운 강아지처럼 내내 학주 쪽을 힐끔거리며 불안해했다.

사회자가 단상에 올라가 마이크를 잡았다.

"동지여! 함께 떨쳐 일어선 동지여! 우리의 사랑스런 제자의 해

맑은 웃음을 위해 굳게 뭉쳐 싸워 나가자! 교육민주화와 사회민주화 그리고 통일의 그날까지 동지여, 전교조의 깃발 아래 손잡고 나아가자! 민족교육 만세! 민주교육 만세! 인간화교육 만세! 전국교직원노동조합 만만세!"

여기저기서 투쟁을 외치는 소리가 쏟아져 나왔다. 누가 먼저랄 것 없이 팔을 올렸다. 전교조를 탄압하는 내용을 담은 연극이 공연된 후 문선대의 춤에 따라 노래패가 노래를 시작하자 우물거리던 승근이도 팔을 들어올리며 노래 중간에 간간히 투쟁을 외쳤다.

"야, 이거 되게 신난다."

승근이 모자를 옆으로 비뚜름하게 쓰고 벌쭉벌쭉 웃었다.

고등학생 깃발 아래 모인 아이들은 대부분 광성고등학교 학생들이었다. 작년에 어용 총학생회를 몰아내고 자치 학생회를 세운 뒤 기성회비 공개를 요구하며 교무실 점거 농성까지 감행했던 학생들답게 가장 조직적으로 구호를 외치고 있다. 선생들과 학생들이 단상에 올라가 사학재단의 비리와 전두환 정권의 독재를 폭로하며 참교육의 필요성을 역설하는 것으로 집회는 마무리되었다. 사회자는 고등학생들이 많이 참여한 관계로 가두투쟁은 하지 않는다고 했다. 대열은 빠른 속도로 흩어지기 시작했다.

"독립투쟁 하는 것 같다."

승근이 벌겋게 상기된 얼굴로 말했다. 그러더니 더 벌건 얼굴이 돼서 재삼의 팔을 잡아챘다.

"학주가 여기로 오고 있어."

승근은 재삼의 팔을 잡아끌며 사람들 사이를 비집고 들어갔다. 재삼도 못 이기는 척하며 인파 속으로 들어갔다. 그 틈에도 승근이 주위를 둘러보며 말했다.

"여성 동지들은 어디에 있는 거야?"

그때 누군가 재삼의 어깨를 툭 쳤다. 이준범 선생이다.

"선생님!"

"여기는 너무 복잡하구나."

선생은 그렇게 말하고는 앞장서서 걸었다. 재삼은 말없이 그 뒤를 따랐다. 승근이 난감한 얼굴이다.

"따라갈 거야? 야, 여성 동지들은 어떻게 하고?"

"형들한테 가 봐."

"우씨, 진즉 말하지. 나 간다."

승근이 재빠르게 뛰어갔다.

몇 번이나 골목을 꺾어 들어간 곳은 지붕이 낮은 선술집이었다. 고등어 굽는 연기가 술집 가득 매캐했다. 구석 자리에서 한 무리의 아이들이 소리치고 있다.

"우리는 참교육을 하는 선생님을 사랑합니다."

그 말이 신호인 것처럼 모두들 술잔을 부딪쳤다. 술집 안은 집회에 참여한 사람들이 대부분인 것 같았다.

 재삼과 선생은 귀퉁이에 앉아 소주와 고등어를 시켰다. 재삼은 단숨에 술잔을 비웠다. 알콜에 머리카락이 쭈뼛해졌다. 선생님이 술을 따라 주고, 또 이렇게 마주앉아 함께 술을 먹으니 어른이 된 것 같다. 하긴, 자신도 내년이면 어른이라는 생각에 선생님 앞에서 술을 먹는 것이 덜 죄송스러웠다. 선생은 미역국이 담긴 그릇을 앞으로 밀어 주었다. 재삼은 눈으로만 보고 먹지는 않았다.

 "학생주임한테 곤욕을 치렀다지?"

 "뭐, 별루요."

 옆자리에서 왁자지껄하는 소리들이 들려왔다. 전교조를 탈퇴하는 선생님들이 늘어 가고 있다는 이야기, 교무실 점거 농성에 실패했다는 이야기, 여름방학이 오기 전에 뭔가 대책이 있어야 한다는 이야기 들이었다.

 탁자 위에 쥐포가 놓여졌다.

 "전교조 쥐포, 서비스입니다."

 일을 하는 아주머니가 우스갯소리를 했다. 재삼은 쥐포를 뜯어 입으로 가져갔다.

 "맛있어요."

 그러고는 말했다.

 "지금은 저도 이 쥐포처럼 확 오그라져 있지만 맛있게 살려구요."

선생도 쥐포를 입에 넣고 우물거렸다.

"정말 맛있구나, 말랑말랑한 게."

"전교조가 정말 합법화될까요?"

"그렇게 되지 않을까 싶은데."

재삼은 자신이 이준범 선생을 만나서 꼭 물어보고 싶던 그 말을 털어 버리듯 꺼냈다.

"선생님, 대학은 꼭 가야 하나요?"

선생은 안경 너머로 재삼을 물끄러미 바라보았다. 재삼은 선생의 어느 것 하나라도 놓칠세라 그 시선을 뚫어지게 마주보았다.

"일 년 전에 그런 질문을 받았다면, 다르게 대답했을 수도 있었을 것 같다. 그런데 세상이 변했어. 군부독재는 끝날 거다, 그것도 곧. 전태일이 분신 자살한 지 이십 년이 다 되어 가. 그가 생전에 그토록 바랐던 노동조합이 만들어지는 과정을 보면 놀랍도록 경이롭지."

"……."

"너는 대학에 가고 싶니? 하고 싶은 공부가 있어?"

"모르겠어요."

"네가 원하는 길이 정답이 아닐까 생각하는데."

재삼은 벌컥벌컥 물을 마셨다. 마시고 나서야 목이 말랐다는 생각이 들었다.

"혹시 정치 조직에 있는 거니?"

선생은 담임이 했던 말을 되묻고 있다. 재삼은 대답을 할 수가 없다.

"중요한 건, 외부의 어떠한 압력도 없이 자의적으로 선택한 삶인가 아닌가에 달려 있겠지. 그런 인생은 치열할 수밖에 없으니까. 치열한 삶은 적어도 네가 말한 것처럼, 남들이 보기에 오그라져 있어도 맛이 있지. 사는 맛이 있어."

재삼은 고개를 끄덕끄덕했다.

"더 늦기 전에 일어나자꾸나."

밤이 깊어 가고 있었지만 거리는 사람들로 붐볐다. 재삼은 택시를 잡아타는 선생님의 뒷모습을 눈으로 배웅하며 세상이 변했다는 말을 다시 한 번 곱씹었다. 솔직히 세상이 변한 건지 자신이 변한 건지 모르겠다. 오히려 그 동안 외면하던 것들을 의식하기 시작하면서 새로운 눈으로 삶을 보게 되었다는 말이 맞을 것 같다. 남들처럼 살려고 했던 인생이었다. 이제야 비로소 자신만의 인생 길로 접어든 기분이다.

재삼은 집이 있는 쪽으로 방향을 잡았다. 버스는 벌써 끊겼다. 호주머니를 뒤져 보니 동전 몇 개뿐이다.

"언젠가는 도착하겠지. 조금 늦기는 하겠지만."

재삼은 누구한테랄 것 없이 중얼거렸다. 한 떼의 아이들이 참교육이라고 씌어 있는 붉은 깃발을 흔들며 빠르게 질주해 가는 것이 보였다. 구호 소리도 노래 소리도 없다. 거친 숨소리만이 어둠이 내려앉은 도로 위에 잠시 머물렀다 사라졌다.

차가운 밤바람이 장단을 맞추듯 달려든다. 재삼은 걸음을 늦추었다. 어쩌면 오늘은 해가 뜨는 것을 볼 수 있을 것 같다.

|||| 이경화 ||||

"나를 엄마라고 생각하렴. 너희들에게 곤란한 일이 생기면 엄마가 당장 달려가서 도와줄 거야."

고등학교 시절 담임 선생님이 한 말이다. 생글생글 웃으며 말을 하던 담임은 연극이라도 하는 것처럼 느닷없이 얼굴을 바꾸고는 무섭게 말했다.

"하지만 불온한 일을 저질렀을 경우에는 절대 용서하지 않겠어. 그때는 더 이상 엄마가 아니야. 제일 앞장서서 퇴학시켜 버릴 거야. 울고 불며 매달려도 소용없어. 잊지 마."

나는 그 소리를 교실 구석 자리에 앉아 가슴을 졸이며 듣고 있었다. 호주머니 속에는 반듯하게 접힌 집회 전단지가 들어 있었다.

올해로 내가 서른여섯이니 이십 년이나 가까이 되는 이야기이다. 군부독재 시절이었지만 겉으로는 많은 자유가 주어진 때이기도 했다. 허리까지 머리카락을 늘어뜨리고 다니거나 손바닥만한 핀을 꽂고 다니던 아이들도 있었고, 자율학습 시간에 교복을 벗고 청바지로 갈아입어도 선생님들은 가볍게 눈에 힘을 줄 뿐 그다지 야단치지 않았다. 정권은 학생들이 이른바 '의식화'만 되지 않으면 괜찮았다. 노동자 대투쟁이 있었던 80년대 후반은 고등학교 운동이 급속도로 퍼져 나가던 시기였다. 십대 후반이었던 청소년들 중 극히 일부는 자신의 개인적인 행복을 포기하고 사회의 발전을 위해 기꺼이 정치 조직에 들어갔다. 지금의 청소년들이 이 이야기를 듣는다면 무슨 귀신 씨나락 까먹는 소리냐고 할지도 모르겠다.

사람들은 저마다 서로 다른 것을 의식하며 살아간다. 그것은 우정이나 사랑일 수 있고, 부나 명예, 학문이나 이데올로기일 수도 있다. 그 시절 신념에 열정적으로 사로잡혔던 재삼이, 재미 삼아 한발을 들여놓았던 승근이, 어른들이 내놓은 삶의 '모범 답안'을 성실하게 살았던 용수, 이 세 친구는 지금도 잘 어울려 놀지만 삶의 모습은 고등학교 때보다 더 많이 달라졌다.

의식하는 '그것'에 의해 존재는 구분되어진다. 나를 사로잡는 그것에 정직하게 직면할 때 인생은 온 우주를 통틀어 단 하나밖에 없는 경이로운 여행을 선물할 것이다.

Reading is sexy!

이경혜

1960년 진주에서 태어나 한국외국어대학교에서 불어교육학을 전공했다. 1987년 동화 「짝눈이 말」을 발표, 1992년 문화일보 동계문예 소설 부문 당선으로 본격적인 문학 활동을 시작했다. 2001년 〈마지막 박쥐 공주 미가야〉로 한국백상출판문화상 아동문학 부문 우수상을 수상했다. 지은 책으로 청소년 소설 〈어느 날 내가 죽었습니다〉, 동화 〈형이 아니라 누나라니까요!〉 〈선암사 연두꽃잎 개구리〉 〈유명이와 무명이〉, 그림책 〈새를 사랑한 새장〉, 그 외 〈스물일곱 송이 붉은 연꽃〉 등이 있다.

그 애를 처음 본 순간 나는 웃음을 터뜨릴 뻔했다.
그 애가 익살스럽게 생겼느냐고? 천만에!

나는 학원 강의를 두 타임이나 빼먹고 시내에서 영화를 보았다. 모의고사가 이틀 뒤였지만 특별 상영 중인 〈친절한 금자씨〉를 도무지 놓칠 수가 없었다. 내가 가장 좋아하는 박찬욱 감독 작품이니 미래에 박 감독의 뒤를 이어 이 나라 영화 산업을 이끌어 갈 나, 홍민기가 어찌 그것을 놓칠 수 있으랴. 피곤한 몸을 손잡이에 기댄 채 전철에 흔들리며 집으로 돌아가면서도 내 마음은 충만했다. 그러나 한편으론 절망감이 들기도 했다. 도대체 어떤 환경에서 태어나 어떤 경험을 하고, 어떤 교육을 받으면 저런 영화를 만들 수 있을까. 나는 박찬욱 감독의 〈공동경비구역 JSA〉도 무척 좋아했지만 〈친절한 금자씨〉에서는 더욱 짜릿한 매력을 느꼈다. 그러니까 학생으로 친다면 〈JSA〉는 공부 잘하는 멋진 범생이 같고, 〈친절한 금자씨〉는 묘한 매력을 가진 날라리 같다고나 할까. 휴우, 어쨌든 나는 영화학과에 가고 싶다는 말도 못 꺼내는 형편이니, 과연 죽기 전에 영화를 건드려 볼 수나 있을까.

눈앞에 걸려 있는 모니터에서는 녹화된 텔레비전 방송이 나오고 있었다. 소음 때문에 들리지 않을 걸 생각해서인지 모든 화면은 자막 처리가 되어 있었다. 나는 아무런 흥미도 없이 화면에 눈길을 주었다. 커다란 돼지를 몇 마리나 키우고 있는 외국의 한 부부가 나와서 떠들고 있다. 덩치가 산만한 다 자란 돼지는 자신의 몸무게를 잊은 채 강아지나 고양이처럼 침대 위로 뛰어올랐다. 덕택에 침대가 부서져서 몇 번이나 바꾸어야 했다고 돼지들 못지않게 체중이 나가 보이는 그 부부는 말했다. 나는 그 부부가 무서운 사람들이라고 생각했다. 그들은 돼지로 하여금 자신이 돼지란 사실을 망각하게 한 것이니까. 저 돼지들은 평생토록 자기들이 개나 고양이인 줄 알고 살 것이다. 괜히 내 속까지 답답해졌다.

그런 생각을 하면서 눈길을 내리던 나는 내 앞에 앉은 여자 애의 가슴에서 시선을 멈추었다. 정확히 말하면 가슴이 아니라 티셔

츠의 가슴팍에 새겨진 글씨를 본 것이다. 무심코 그 글씨를 읽다가 나는, 큭, 하마터면 큰 소리로 웃음을 터뜨릴 뻔했다.

Reading is sexy!

그 애가 입고 있는 하얀 티셔츠에 새겨진 글씨는 그랬고, 그 밑에는 열심히 책을 읽고 있는 소녀가 그려져 있었다. 책 읽는 게 섹시하다는 말을 가슴팍에 떡 붙인 채 정신없이 책을 읽는 여자의 모습을 상상해 보라. 그럴 수 있는 여자라는 건 세 가지 경우일 것이다. 완전히 멍청해서 그 말이 무슨 말인지도 모른 채 책을 읽는 경우이거나 그 말이 마음에 들어서 그 옷을 입었지만 그 사실을 잊고 책을 읽는 경우, 그도 아니면 정확한 목적 아래 그 옷을 입고, 보란 듯이 책을 읽는 경우.

독서삼매경에 빠진 데다 귀에는 이어폰을 꽂고 음악을 듣는 그 아이는 아무것도 모른 채 자기만의 세상에 갇혀 있었다. 그 모습은 확실히 내 눈길을 끌었다. 내 주변의 몇몇 사람도 그 애의 가슴팍을 보면서 소리 죽여 킥킥 웃었다. 그런데도 그 애는 보이지 않는 유리벽 속에 자신을 가두고 있을 뿐이었다. 저러다 내릴 곳이나 잘 챙기려나, 불쑥 그런 생각이 들었는데, 전철이 멈출 때면 그 애는 차창 밖을 보는 것으로 잠시 유리벽 밖으로 나오곤 했다. 단정한 단발에 고집스러워 보이는 콧날, 내리깐 눈 꼬리도 제법 길었다. 거기다 야무지게 다문 입술까지 보아하니 고집 하나는 누구한테도 안 지게 생겼다. 얼굴은 예쁘다고도 밉다고도 말할 수 없었다. 묘하다고나 할까, 그런 기준 자체를 비웃는 듯한 모습이었다.

나는 그 애의 얼굴에서 눈을 뗄 수 없었다. 사실 애완용 돼지보다야 그 애 쪽이 백번 흥미로웠다. 그런데 갑자기 그 애가 얼굴을 탁 쳐들더니 나를 똑바로 바라보는 것이 아닌가. 나는 그만 못 볼 장면이라도 본 사람처럼 재빨리 고개를 돌렸다. 나도 모르게 얼굴이 붉어지고 가슴이 뛰었다. 귀찮은 치한을 처리하듯 정면으로 바라보는 강렬한 눈길. 만원 버스 속에서 누가 더듬기라도 하면 주머니에서 바늘을 꺼내 찌를 게 분명한 여학생이었다.

하지만 그 애는 금세 읽던 책 쪽으로 눈길을 가져갔다. 나는 얼굴이 붉어진 채로 여전히 그 애를 힐끔힐끔 훔쳐보았다. 이대로 헤어지기는 아까웠다. 어떻게 할까, 머릿속으로 궁리를 하고 있는데 전철이 섰다. 그러자 그 애가 벌떡 일어나더니 나를 보며 소리치는 것이었다.

"야, 이 멍청아, 내려야지, 뭐 해?"

나는 어안이 벙벙했지만 물론 그 애를 쫓아 전철에서 내렸다. 먼저 내린 그 애는 뒤따라 내리는 나를 빤히 바라보고 서 있었다.

"뭐야? 언제 봤다고 남더러 멍청이래?"

무안해진 내가 묻자 그 애가 대답했다.

"너, 나한테 반했잖아? 한눈에 반한 여자가 내리는데 따라 내릴 생각도 안 하고 있으니 멍청이지."

"네가 나한테 반한 게 아니구?"

"네가 나한테 뿅 갔잖아?"

"웃기고 있네. 이거 완전히 공주병 중증 환자 아냐?"

"안 반했어? 그럼 왜 따라 내렸는데?"

"그거야 얼결에……"

"얼결에? 그렇게 안 봤는데 그럼 진짜 멍청이야?"

그 긴 눈 꼬리 속에 담긴 눈동자는 매직펜으로 칠해 놓은 것처럼 새까맸다. 뭐야, 서클렌즈라도 한 거 아냐, 나는 그런 생각을 하면서도 절대 눈길을 피하지 않는, 그 또렷한 눈동자가 마음에 들었다. 나는 그 애의 가슴팍을 가리켰다.

"이런 말로 호객 행위를 하다니, 혹시 프로야?"

"이런 말에도 넘어오다니, 넌 호색한이니?"

호색한? 색을 밝히는 놈? 책에서나 나오는 말을 쓰는군. 어쨌든 절대로 지지 않을 아이였다. 나 역시 굳이 이기고 싶은 생각은 없었다.

"좋아. 반했다곤 할 수 없어도 너한테 흥미를 느낀 건 사실이야. 책 읽는 모습이 약간은 섹시했어."

"독서라는 행위 자체가 섹시한 거야."

"알겠습니다! 이제 싸움은 그만 하고 슬슬 인사나 하는 게 어때?"

나는 그 애를 향해 손을 내밀며 말했다.

"난 홍민기야. 동양고 이 학년, 넌?"

"난 송진여고 이 학년. 이름은 연저야, 김연저. 연꽃 연(蓮)자에 나타날 저(著)자. 우리 엄마가 연꽃 꿈을 꾸고 날 낳으셨거든."

"누가 물어봤냐? 그나저나 연저라? 거꾸로 하면 저연? 저년이네. 킥킥."

"그래, 저년이 내 별명이다, 어쩔래? 딸을 낳으면 연이라고 지을 거야. 이 년 저 년 모녀 한 세트가 되는 거지."

"우리 지금 막 만났는데 벌써 출산 계획까지 짜는 건 좀 오버가 아닐까?"

"시끄러! 나 배고프니까 라면이나 먹으러 가자."

그 애는 그러면서 앞장서서 걸어 나갔다. 나는 시계를 보았다. 학원이 끝날 시간이었다. 학원이 끝나면 늘 라면을 사 먹었으니 이제부터는 리얼 타임으로 계산하면 될 일이었다. 여기서 집까지는 전철로 세 정거장이니 그 시간쯤의 여유는 있었다. 나는 망설임 없이 그 애, 김연저의 뒤를 따라갔다.

연저는 전철 역 앞에 있는 허름한 분식집으로 지체 없이 들어서며 큰 소리로 외쳤다.

"엄마, 손님 하나 물고 왔어. 라면 두 그릇 줘, 계란 풀어서."

나는 깜짝 놀라 분식집 아주머니를 쳐다보았다. 연저와는 전혀 다른, 눈매가 순하고 수수해 보이는 그 아주머니는 입을 가리고 웃으며 말했다.

"어서 와. 못 보던 친구네. 이리 앉아요. 내가 얼른 라면 끓여 줄게. 우리 연저가 저렇게 장난꾸러기야."

나는 뭐가 어떻게 된 건지 얼떨떨한 채로 자리에 앉아 연저를 뚫어져라 바라보기만 했다. 그러나 그 애는 눈을 내리깐 채 나와 눈을 맞추지 않았다.

"자, 얼른들 먹어. 배고프겠다!"

아주머니가 라면 두 그릇을 갖다 주며 말했다. 나는 벌떡 일어나 라면을 받아들며 꾸벅 인사를 했다.

"잘 먹겠습니다."

근처 학원에서 쏟아져 나온 학생들이 우르르 몰려와 아주머니는 곧 바빠졌고, 우리는 둘 다 말없이 라면만 먹었다. 라면을 다 먹자 연저는 빈 그릇을 들고 주방으로 갔다. 나는 라면 값을 내는 게 실례가 되는지 안 되는지를 몰라 주춤하고 있다가 조심스레 라면 값을 내밀었다.

"저…… 맛있게 잘 먹었습니다."

아주머니는 눈이 동그래지더니 두 팔을 마구 내저으며 말했다.

"아이구, 무슨 돈을 내? 딸 친구한테 라면 값 받는 사람 봤어? 얼른 집어 넣어. 그리고 자주 놀러 와."

가만히 나를 바라보고 서 있던 연저는 픽, 하고 웃더니 나를 따라 나왔다.

"날 진짜 삐끼로 알았니? 농담도 못 알아듣는 멍청이!"

나는 그냥 웃기만 했다. 갑자기 연저가 내 팔짱을 꼈다.

"여기 작은 공원 있는데, 한 바퀴만 돌고 가. 너랑 조금만 더 있고 싶거든."

연저가 매달린 팔 쪽으로 따스한 온기가 밀려왔다. 기분이 좋았다.

"날 어머님께 선보인 거야?"

"우리 엄말 너한테 선보인 거지. 아닌가? 내가 라면집 딸이란 건 내 정체성 중의 핵심이거든. 나를 이룬 팔 할은 라면이란 말이야. 몸도 마음도 학비도. 그러니까 나를 소개하는 절차였다고나 할까?"

"라면을 많이 먹게 해 주는 걸로 이 홍민기를 꼬시려 했다 이거군."

"후후, 상당히 센 유혹 아니야? 나야 보다시피 얼굴도, 몸매도 평균치밖에 안 되니까 먹는 걸로나 꼬셔야지."

"하하!"

나는 그렇게 웃기만 했지만 그야말로 절대로 물리칠 수 없는 유혹이라고 생각했다. 학원이 끝나고 출출해진 배에 라면보다 흡족한 음식은 없었다, 맹세코!

그런데 연저가 갑자기 내 얼굴을 빤히 들여다보더니 말하는 것이었다.

"너, 사귀는 여자 애 있구나. 그치?"

뭘 보고 그런 말을 하는지는 알 수 없었다. 그냥 넘겨짚어 보는 건가? 나 역시 연저를 바라보았다. 그러나 절대로 눈길을 피하지 않는 그 까만 눈동자에 그만 피식 웃음이 나왔다.

"그럼, 있지. 얼굴도 너보다 예쁘고, 몸매도 너보다 좋은데, 불행히도 라면집 따님이 아니야. 나, 이거 완전 갈등인걸."

내 말은 거짓이 아니었다. 수지가 예쁘고 총명한 아이란 건 내가 멋진 남자인 것과 마찬가지로 자타공인의 사실이다. 그런데 나는 우연히 만난 이 아이에게 지금 걷잡을 수 없이 끌려들고 있는 것이다!

걷는 사이에 공원에 다다랐다. 연저의 말대로 자그마한 공원에는 아무도 없었다. 외눈박이 가로등만이 스파게티 소스 같은 주황빛 불빛을 흘리고 있을 뿐이었다. 무슨 생각을 한 것일까, 연저가 문득 걸음을 멈추더니 내 입술에 살짝 입술을 갖다 댔다. 아주 짧고 가벼운, 입맞춤이라기보다는 아이들의 뽀뽀에 가까운 접촉이었지만 그 보드랍고 따스한 입술의 감촉은 내 입술에 그대로 남았다. 나는 정신이 아득해서 멍하니 서 있는데 연저의 태연한 목소리가 들렸다.

"어때? 이런 걸 화살처럼 스쳐 간 입맞춤이라고 하지. 그냥 너한테 도장을 찍은 거야. 물론 널 혼자 차지할 생각은 추호도 없어. 독점은 나쁜 거니까. 오죽하면 독점 방지법이 다 있겠어?"

하하, 나는 그 말에 웃음을 터뜨렸다. 연저는 계속 나를 당황케 한다. 주머니에서 불쑥 비둘기를 꺼내는 마술사처럼.

"하지만 네 애인은 널 독차지하고 싶어하겠지. 보통 멍청한 여자 애들이 그러잖아? 너 같은 멍청이의 애인도 멍청할 건 뻔하지. 그럼 그렇게 믿게 만들어 줘. 넌 멍청하긴 해도 뇌세포는 괜찮아 보이니까 그 정도는 할 수 있지? 그렇게만 하면 라면은 줄창 먹게 해 줄게."

나는 영화 속에서 흔히 보듯이 그 애의 말을 내 입술로 막고 싶었다. 차마 그러지는 못했지만 중학교 때부터 사귀어 온 수지의 얼굴은 그 순간 조금도 떠오르지 않았다.

집에 들어가니 아버지는 거실에서 굳은 인상으로 신문을 펼쳐 들고 있었고, 엄마는 침대에 드러누운 채 내 인사를 받는 둥 마는 둥했다. 두 사람이 또 싸운 모양이었다. 자주 있는 일이라 나는 신경도 쓰지 않았다. 엄마 아빠는 사소한 일로 걸핏하면 저렇게 냉전을 벌였다. 그래도 소리를 지르거나 뭘 던지거나 때리는 일은 없으니까 나는 이 정도는 보통 가정의 모습이거니 생각한다. 좀 늙은이 같은 생각인가?

그때 핸드폰 벨이 울렸다. 수지였다. 나는 얼른 화장실로 들어갔다. 꿀꺽, 저절로 침이 삼켜졌다. 찔리긴 좀 찔렸던 것이다.

"야, 홍민기, 너, 말도 없이 땡땡이 까고 어디 갔다 온 거야?"

"쉿, 조용히 해. 집에도 말 안 했단 말이야."

"그러게 어딜 갔냐구?"

"영화 한 편 때리고 왔다, 왜?"

"어쭈, 너, 요새 왜 그래? 낼 모레가 모의고산데 지금 제정신이야?"

"그만 해. 네가 내 엄마냐?"

"너, 요즘 아주 이상해진 거 알아? 이번 시험, 지난번 성적에서 일 등만 떨어져도 당장 차 버릴 테니까 알아서 해."

딸깍, 전화는 끊겼다. 심한 피로가 몰려왔다. 수지는 상대를 진정으로 위하는 것만이 최고의 사랑이라고 여기는 아이였다. 건전한 애인이었지만 문제는 상대에게 진정으로 좋은 것이 무엇인지를 자기 혼자 판단한다는 점이었다. 그런 애였으니 〈라스베가스를 떠나며〉를 비디오로 함께 보았을 때도 몹시 분개했다. 어떻게 사랑하는 사람이 알콜 중독인데 술을 먹게 놔둘 수가 있어? 그러면 죽는 걸 알면서 말이야. 저런 건 사랑이 아니야. 수지는 그렇게 말했지만 나는 그 영화 속의 인물들을 충분히 이해할 수 있었다. 사랑하는 사람이 죽을 줄 알면서도 그가 원하는 것을 해 주는 것이 꼭 옳은 일은 아니겠지만 때로는 그런 사랑이 더 깊은 사랑일 수도 있다는 걸 나는 그 영화에서 깨달았다. 그런 수지였으니, 나를 진정으로 위하는 것은 성적을 올려 좋은 대학에 가게 하는 것이라고 생각하여 늘 이렇듯 공부를 챙기고 닦달했다. 수지야 상위권 학생이니 지금까지 그렇게 살아온 게 몸에 배었겠지만 나는 간신히 중위권에 속한 몸이라 수지의 그런 간섭이 견딜 수 없었다. 하지만 수지의 높은 성적과 그런 식의 태도 때문에 엄마는 우리의 교제를 매우 달가워했고, 수지를 몹시 귀여워했다. 그런데 나는 지금 다른 의미로 수지에게 고마움을 느꼈다. 수지의 잔소리 전화 덕분에 미안했던 마음이 싹 가신 것이다. 그러나 수지는 화를 내고 전화를 끊은 게 마음에 걸렸는지 금세 문자를 보내 왔다

화내서 미안, 하지만 슬럼프에 빠질 여유도 우린 없잖아? 힘을 내. 조금만 참으면 우리에겐 빛나는 미래가 있어.

빛나는 미래라…… 나는 그 문자를 가만히 들여다보다 화장실 문을 열고 나왔다. 누나 방 앞으로 갔다. 문을 두드리니, 들어와, 하는 소리가 들렸다. 재수생인 누나는 매트를 깔아 놓고 요가를 하고 있었다.

"집안 분위기가 이런데 요가가 돼?"

내가 놀리듯 묻는데 누나는 잠깐 동작을 멈추고 나를 보더니 이렇게 물었다.

"너, 학원 땡땡이 쳤지?"

"뭐? 아냐!"

하지만 나는 금세 꼬리를 내렸다. 예전부터 깐깐한 엄마는 속이기가 쉬웠지만 어수룩한 누나는 속일 수가 없었다.

"하여간 누나는 귀신이야. 그렇게 표가 나?"

"그래, 얼굴에 '기. 분. 좋. 다.'라고 써 있는걸. 학원을 빠진 거야 기본이겠고, 수지랑 데이트한 정도로도 그런 표정은 안 나올 것 같은데?"

나는 또 뜨끔했다. 여자들은 뭘 먹고 커서 다들 이렇게 날카로운가?

"사실은 〈친절한 금자씨〉 보고 왔어!"

"잘하는 짓이다! 지난 달에도 네 성적 떨어졌다고 엄마 혈압 올라간 것도 잊었냐? 엄마한테도 좀 친절해지시지."

말은 그렇게 하면서도 누나는 다시 엎드리더니 멋지게 뒷다리를 뻗었다. 사람에게야 앞다리 뒷다리가 따로 없겠지만 그러고 있으니 꼭 뒷다리라고 불러 줘야 할 것 같았다. 겉으로 뭐라고 말하든 누나는 결코 그런 일로 나를 비난하지 않는다. 어떻게 걱정의 화신인 엄마 아빠 사이에서 누나 같은 자식이 생겼는지 모르겠다. 누나는 모든 일에 태평이다. 걱정이라곤 안 한다. 오직 얼굴과 몸매를 잘 가꿀 생각만 할 뿐이다. 집에서도 누나에 대해선 포기했다. 그 바람에 나한테 더 악착같이 기대를 해서 나는 영화학과에 가고 싶다는 말도 못 꺼내는 형편이지만.

"그러니까 누나, 절대 비밀로 해야 해! 엄마가 알았다간 큰일나."
"알았어. 방해되니까 얼른 꺼져."
나는 방문을 닫으려다 다시 고개를 들이밀고 누나에게 물었다.
"누나, 우리의 빛나는 미래란 게 대체 뭘까?"
조금만 참으면 온다는 그 '빛나는 미래'라는 수지의 말에 어쩐지 비위가 상한 것이다.
"뭐긴 뭐야? 일류 대학에 가서 사람들한테 선망의 시선을 받고, 좋은 직장에 취직해 남부럽지 않게 사는 거지. 간단히 말해 건전한 속물이 되는 거야."
이제 고양이처럼 등을 올리는 자세를 취한 누나는 잘라 내듯 대답한다. 갑자기 둔중한 망치가 날아와 뒤통수를 탕 때린 것만 같다. 저래서 내가 누나를 무시하지 못한다. 어떤 때는 정말 외모에만 집착하는 한심한 젊은 여자 같은데 가끔씩 저렇게 정곡을 찌르는 것이다. 그럼 건전한 속물이 되기 위해 삶을 저당 잡히며 모든 욕구를 누르며 사는 우리는 어린 속물인가? 나는 입을 다문 채 누나의 방문을 닫고 나왔다.

나야말로 혁명을 한 것도, 살인을 한 것도, 여자와 도망간 것도 아니다. 겨우 학원 한 번 빼먹고 영화관에 갔고, 처음 만난 여자애랑 살짝 입을 맞춘 게 다였다. 그런 하찮은 일이 대단한 일탈이 된다는 건 그만큼 지금까지 내 삶이 형편없는 삶이었다는 말이다. 이렇게 형편없던 삶이 대학에만 간다고 대단한 삶으로 바뀔 수 있을까. 아니다. 이렇게 살던 자는 영원히 이렇게 살게 될 뿐이다.

다시금 연저가 떠올랐다. 그 애는 어떤 애일까, 당돌하면서도 어딘가 안쓰러움이 느껴지는 아이, 연저를 떠올리니 따뜻하고 부드러웠던 그 입술과 짜릿했던 몸의 전율이 딸려서 떠올랐다. 그 순간을 떠올리는 것만으로 내 몸은 순식간에 열탕기처럼 달아올랐다. 나는 온몸을 감싸는 그 전율에 내 몸을 더 맡기고 싶었다. 모의고사 준비 따위, 그런 것은 지금 내가 원하는 게 아니었다. 지금 이 순간, 살아 있다는 느낌은 연저와 있었던 시간을 떠올리며 다시금 그 아늑하고 달콤한 감정에 젖는 일이었다. 나는 그대로 이불 속으로 들어갔다. 짜증스런 부모의 신경전도, 내일 모레로

닥친 모의고사도, 대학입시의 불안도 그 순간은 다 사라졌다. 나는 연저의 입술만을 생각했다. 온몸으로 다시금 뜨거운 해일이 몰려왔다.

다음 날 점심 시간이 되자 수지가 교실 앞에서 나를 불렀다. 우리가 커플이라는 것은 전교에 다 알려져 있는 일이라 새삼 거리낄 일은 없었다.

"왜? 수업도 땡땡이 쳤을까 봐 감시하러 온 거야?"

내 말에는 나도 모르게 가시가 박혀 있었다.

"내가 어젯밤 곰곰이 생각해 봤는데, 너 요즘 상태가 정말 걱정돼. 얼른 제자리로 돌아와. 까딱하면 물살에 떠내려가는 거야. 잠시라도 한눈팔면……."

나는 수지의 지나치게 진지한 태도가 아니꼬웠다.

"걱정 마시라구. 떠내려가도 네 손은 놓고 갈 테니까. 넌 꿋꿋이 물살을 헤치고 나가라구!"

비겁하다. 나는 내가 비겁하다고 느꼈다. 나는 지금 모든 것을 수지 탓으로 몰아 가고 있다. 아무래도 연저에게 기울어 가고 있는 마음에 죄책감을 느꼈나 보다. 지저분하군, 나라는 인간은. 그러는 나를 수지가 가만히 올려다보았다. 눈길이 서늘했다.

"알았어. 지금부터 나는 네 손 놓을 테니까 혼자 멋대로 떠내려가!"

　수지의 목소리는 모든 흥분이 가신 낮은 목소리였다. 그러면서 수지는 조용히 몸을 돌려 복도를 걸어 나갔다, 천천히. 나는 달려가 수지를 붙잡고 싶었지만 그러지 않았다.

　수지를 그렇게 보내고 나니 연저에게 마구 쏟아져 가던 마음도 이상하게 가라앉았다. 하지만 기분은 더러웠다. 나는 자리로 돌아와 앉으며 이어폰을 꽂은 채 몸을 흔들고 있는 짝꿍 재철이의 MP3를 홱 낚아챘다.

　"어어, 왜 그래?"

　"자식, 책을 읽으려면 집중해서 봐야지. 이 형님이 기분 꿉꿉하니 좀 들어야겠다."

　애인만 잘 만나고 와선 왜 난리야, 재철은 그렇게 구시렁거리면서도 순순히 MP3를 넘겨주었다. SG워너비의 노래가 흐르고 있었다. 태워도 태워도 태워도 남았다면 남김없이 태워도 돼…… 그러고 싶다. 내 속에는 태워야 할 것들이 잔뜩 쌓여 있다. 확 불을 질러 남김없이 태워야 할 것들을 몸 속에 쌓아 놓은 채 이렇게 미지근하게 살아가는 일이 나는 정말 힘들었다. 한번 그런 생각이 드니 지금까지 어떻게 그렇게 살아올 수 있었는지가 이해가 안 갈 지경이었다. 그러나 한편으로는 불안감이 가슴 한 귀퉁이에서 솟구쳤다. 내가 왜 이러지? 여태까지 잘 참아 왔는데, 잘 버텨 왔는데, 지금까지 간신히 쌓아 온 것이 비틀거린다. 이제라도 힘을 주어 붙잡으면 그것은 제자리를 잡을 것이다. 그러나 마음 한구석에서는 그것들을 확 밀쳐 무너뜨리고 싶은 충동이 불일 듯 인다.
　나는 핸드폰을 꺼내 연저에게 문자를 보냈다.

오늘 저녁 8시, 그 공원에서 보자. 보고 싶다.

　오늘 저녁 8시에는 내일 볼 모의고사를 대비한 마지막 정리가 있다. 족집게로 유명한 강사가 강남에서 일부러 초빙되어 온다. 이 수업까지 빠졌을 때 새파랗게 질릴 수지의 얼굴이 떠오른다.
　그러나 연저의 답장은 뜻밖이었다.

오늘은 시험 공부할 거야. 내일이 모의고사잖아?

　나는 아무 답변도 쓸 수 없었다. 연저에 대해 배신감마저 들었다. 내게 연저는 공부 따위에는 자유로운 아이로 비춰졌던 것이다. 그것은 내가 만들어 낸 환상이었을까. 오후 시간은 내내 머릿속이 복잡했다. 시험 공부하라고 선생님이 자습 시간을 주었지만 검은 막에 가려진 듯 수학 문제 한 줄조차 풀 수 없었다. 내일이 모의고사인데, 연저까지 모의고사 공부를 한다는데, 나는 왜 이러는가. 나는 혼자만 라인 밖으로 내동댕이쳐진 느낌이었다.

내 발걸음은 학원으로 향하지 않았다. 만나 달라고 구걸할 생각은 없었다. 그냥 그 애를 찾아가리라. 내가 아는 곳은 라면집뿐이어서 나는 그리로 향했다.

분식집 문을 밀고 들어가며 나는 얼른 실내를 둘러보았지만 연저는 보이지 않았다. 나는 연저의 어머니에게 고개를 숙이며 인사를 했다. 그 아주머니는 금방 나를 알아보며 반가워했다.

"응, 연저는 집에 갔는데. 여기서 가까워. 가 봐."

나는 아주머니가 가르쳐 준 대로 골목길로 들어섰다. 쓰레기봉투들이 문 앞마다 늘어서 있는 어둡고 좁고 더러운 골목이었다. 발만 하얗고 온몸이 새까만 고양이 한 마리가 음식물 쓰레기봉투를 물어뜯고 있다가 나를 보더니, 키약, 하고 사나운 소리를 냈다.

그 골목 끝에 연저의 집이 있었다. 문을 두드릴 필요도 없었다. 골목으로 나 있는 창은 열려 있었고, 그 앞에는 헤드폰을 낀 채 책상에 앉아 공부하는 연저의 모습이 정면으로 보였다. 연저의 뒤로는 낡은 텔레비전이 켜 있고, 후줄근한 트레이닝복 차림의 머리가 허연 아저씨가 넋을 잃고 그것을 보고 있었다.

텔레비전에서만 보던 가난한 집이 거기 있었다. 아니, 가난한 단칸방. 모든 것이 허름하고 낡았다. 무엇보다도 한 집 안의 사생

활이 이렇게 창문 하나로 세상에 다 드러나고 있다는 게 가장 가난하게 느껴졌다. 나 같으면 하루도 견딜 수 없으리라. 문득 허락도 없이 이런 비밀스런 풍경을 보는 일이 마음에 걸렸다. 연저가 화내지 않을까.

나는 그렇게 물끄러미 연저를 바라보고만 서 있었다. 지금 연저와 나는 서로 마주보고 있는 셈이었지만 헤드폰을 끼고 책을 읽고 있는 연저는 전철에서 만났던 바로 그날처럼 나의 존재를 알아채지 못하고 있다. 연저야, 하고 부르고 싶었지만 그 말은 목에 걸려 나오지 않았다. 여전히 연저의 가슴에는 '리딩 이즈 섹시!'라는 문장이 빛나고 있었다.

그때 인기척을 느꼈는지 연저가 고개를 들었다. 연저의 얼굴이 스위치를 켠 듯 순식간에 환해졌다.

"어머, 너! 어떻게 알고 왔어?"

연저의 외침에 힘없이 텔레비전을 보고 있던 아저씨가 고개를 돌렸다.

"아부지, 내 친구 민기야. 인사 드려. 우리 아버지야. 아프셔서 말은 잘 못해."

나는 방충망을 사이에 둔 채 연저의 아버지에게 꾸벅, 인사를 했다.

어머니처럼 선량한 얼굴이었지만 그 얼굴은 병색이 짙었다.

"아부지, 나 나갔다 올게."

그러더니 연저는 쪼르르 밖으로 달려 나왔다. 연저가 이렇게 좋아할 줄은 나도 몰랐다.

연저는 나오자마자 내 팔에 매달리며 말했다.

"어쩌면 전화도 없이 오냐?"

"시험 공부 안 해? 이렇게 쪼르르 나오면 어떡해?"

"님께서 직접 왕림하셨는데, 감히 공부를 어이 하오리까?"

"치, 데이트 거절할 땐 언제고? 무슨 공부하고 있었어?"

"『백경』을 읽고 있었어, 허만 멜빌의."

"고래에 미친 선장 나오는 거? 그레고리 팩이 주연이었는데."

"응. 맞아. 영화도 있어. 〈내 이름은 이슈마엘이다〉, 영화도 그렇게 시작하지 않았니?"

"듣고 보니 그런 것 같은데? 이슈마엘이란 이름을 들어 본 거 같다."

"추방자, 방랑자란 뜻이야. 추방되었으니 방랑할 수밖에 없지. 추방된 방랑자가 자발적인 방랑자보다 멋있잖아? 그쪽이 더 그늘이 짙으니까. 그래서 이슈마엘보다 에이허브 선장이 매력적이야, 나는."

"이슈마엘은 그럼 누구야?"

"그 소설의 화자야, 선원으로 나오는."

"모의고사 공부한다는 애가 뭘 그런 걸 읽고 있냐?"

"얘가 뭘 모르네. 모의고사라는 건 원래 독해력과 언어 능력이 우수해야 잘 치는 거야. 그러니까 보다 수준 높은 시험 공부지."

우리는 골목길을 빠져 나와 거리를 걷기 시작했다. 지금쯤 학원에서는 족집게 강사의 열강이 펼쳐지고 있을 것이다. 나는 연저에게 물었다.

"넌 무슨 과를 가고 싶은데? 국문과나 영문과?"

"이 순진한 도련님아! 우리 집에 와 보고도 그런 소리가 나오냐?"

"응?"

나는 당황해서 얼굴이 붉어졌다.

"대학 갈 돈이 어딨니? 우리 아버진 쓰러져서 몸이 말을 안 들어. 그래도 똥오줌 칠 정도가 아니라 정말 다행이지만. 우리 엄마라면 판 돈, 그거 갖다 바칠 만큼 대학이 대단하단 생각은 안 들거든. 돈이 남아돌면 갈 만은 해. 언젠가 그렇게 되면 그때 가지, 뭐. 그러면 도서관학과에 가고 싶어. 사서를 하면 좋을 것 같아. 섹시한 직업이잖아?"

"사서가 섹시하다는 말은 첨 들어 본다. 그나저나 넌 왜 그렇게 섹시한 걸 좋아하냐? 가슴에까지 써 붙이고 다니질 않나……. 너, 섹시한 데 대해 콤플렉스 있지?"

"콤플렉스 좋아하시네. 예쁜 여자가 예쁜 걸 알아보는 거지. 〈친절한 금자씨〉 안 봤어? 거기서 이영애가 그러잖아? 예쁜 게 좋아, 뭐든지. 난 섹쉬한 게 좋거든, 뭐든지. 내가 워낙 섹쉬하다 보니까, 킥킥."

"그래, 그래. 이제부터 섹쉬한 년이라고 불러 주지."

섹쉬한 년, 나는 속으로 그렇게 웅얼거려 보았다. 괜히 몸이 근질거렸다. 그 말에 떠오르는 건 포르노 잡지의 표지 모델 같은 여자들이었다. 어떻게 봐도 연저와는 연관되지 않는 말이었다. 나는 연저에게 다시 물었다.

"그럼 졸업하면 취직하는 거야?"

"그래야지. 지금도 아르바이트는 열심히 해. 오늘은 쉬는 날이지만. 어제도 매장 옷 정리 일하고 오던 길이었어."

"그랬니? 난 학원 땡땡이 치고 바로 그 〈친절한 금자씨〉를 보고 왔는데. 이거 좀 찔리잖아?"

"뭘 찔려 찔리긴? 나도 읽던 책 재밌으면 아르바이트 제껴 버려. 그래서 자주 잘리지. 사실은 실업계로 갔어야 했는데, 책 읽기엔 아무래도 인문계 쪽이 나을 것 같아서……. 취직하려면 무지 힘들 거야. 하지만 뭐, 아르바이트를 몇 탕이고 뛰어서 메우면 돼."

아무리 밝게 말해도 나는 연저의 마음이 안쓰럽게만 느껴졌다.

내가 연저였다면 친구들과 형편을 비교하는 것만으로도 죽고 싶었으리라. 대학입시를 걱정하지 않는 고등학생을 만난 게 처음이라서 나는 기분이 다 이상했다. 이런 삶도 있다. 내 친구들은 대학에 못 가면 죽을 것처럼 살고 있는데.

"그러는 넌 무슨 과에 가고 싶은데?"

연저가 물었다.

"맞혀 봐."

"영화과."

"어? 어떻게 알았어?"

"어떻게 알긴? 입만 열면 영화 얘기만 하면서?"

나는 입을 다물었다. 내 꿈은 그게 무엇이든 영화와 관련된 일을 하는 것이지만 영화과에 가겠다는 얘기는 입도 뗄 수 없다. 하지만 그런 얘기를 연저 앞에서 했다가는 또 다시 멍청이 소리를 들을지도 몰랐다.

"난 책만 읽을 수 있으면 돼. 책만 읽을 수 있으면 뭐를 해도 상관없어. 그런데 무슨 일을 하든 차 타고 다니면서나 집에 와서는 책을 읽을 수 있잖아? 책을 못 읽는 직업이란 없지 않아? 그래서 내 인생은 무조건 만족스럽게 되어 있어."

어느 과를 가든지 영화 공부는 따로 할 수 있다고 생각해서 나도 그만큼 양보할 수 있긴 했다. 대학까지만 부모 뜻대로 따라 주고, 부모의 체면을 세워 주면 그 다음에는 내 마음대로 살 거라는 계산이었다. 그러나 내 나이의 타협치고는 참 불순하고 불결하다.

나는 괜히 연저에게 주눅이 드는 기분이었다. 한편으로는 그렇게 말하기까지의 연저의 마음의 갈등이 짐작이 가 가슴이 뭉클하면서도 또 한편으로는 그렇게 분명하게 자신의 삶을 탁탁 정리해서, 합리적인 결정을 척척 내려 버리는 그 애에게 반발도 일었다.

"쳇, 잘난 척하긴 어지간히 잘난 척해."

그런데도 연저는 전혀 기분 나빠하지 않았다.

"원래 책 좀 읽는 애들은 잘난 척해. 사실 좀 잘났거든."

"어이구, 요걸!"

나는 내 팔에 매달려 있는 연저의 팔뚝을 꼬집었다.

공원으로 들어서니, 어제의 입맞춤이 생각나 내 얼굴은 벌써 달아올랐지만 공원에는 여기저기 사람이 제법 있어 내 꿈을 이루기는 요원해 보였다. 하지만 입을 맞추지 못해도 나는 충분히 만족스러웠다. 연저와 있는 이 순간이 행복했다, 이 순간 자체가.

누군가 일류 대학에 가는 건 섹시해, 라고 말해 준다면 좋겠다. 그러면 나는 이제부터라도 흔들림 없이 그 게임에 내 청춘을 걸 수 있을 텐데.

우리는 겨우 빈 자리를 하나 찾아내 나란히 앉았다. 어둑어둑해지는 저녁 빛 속에서 가로등이 비로소 켜졌다. 그 빛을 받자 연저의 가슴팍에 써진 그 빛나는 문구가 다시금 반짝였다.

Reading is sexy!

연저의 가슴 위로 작은 별들이 떠오른 것만 같았다. 나는 이 별들을 오래도록 보고 싶다고 생각했다. 문득 고개를 들어 보니 서쪽 하늘에 푸른 별 하나가 막 떠오르고 있었다. 제법 섹시한 별이었다.

‖‖ 이경혜 ‖‖

이 글에는 '섹시(sexy)'란 말이 참 많이 나옵니다. 섹시하다는 건 어떤 건가요? 일반적으로 그 말은 성적 매력이 있다는 뜻입니다. 성적 매력이란 본질적으로 종을 번식시키고자 하는 힘이며, 그것은 곧 살아 남고자 하는 힘, 생명력과 관계됩니다. 그러니까 나는 생명에 충실치 않은 힘은 섹시하지 않다고 봅니다.

청소년기라는 시기는 우리들 모두에게 그런 시기가 아닐까요? 자신이 가지지 못한 것, 자신이 부끄럽게 여기는 것들이 스스로를 향해 우우 달려드는 시기, 그리고 그것들에 대해 결사항전으로 싸우는 시기, 그러니까 이를테면 자의식이라는 것이 담벼락에 꽂혀 있는 유리병 조각들처럼 자신을 찔러 대는 때이며, 그것에 찔리면서 피 흘리고 쓰러지거나 피 흘리면서도 그 담을 넘어가는 때가 아닐까요? 나는 그 '살고자 하는 힘'을, 거기서 나오는 매력을 섹시함이라고 봅니다.

나는 연저나 민기에게서 그런 안간힘을 봅니다. 두 아이의 환경이나 성격은 전혀 다르지만 그 안간힘만은 비슷합니다. 그들은 자신의 자의식에 찔리면서도 스스로에게 정직하려고 합니다. 이 아이들이 서로에게 섹시함을 느낀다고 한다면 그것은 그런 서로의 안간힘을 알아본 게 아닐까요?

당연히 거쳐야 할 이런 피 흘리는 시기를 부모의 과도한 간섭 아래, 혹은 어른들의 속물적인 가치관의 덮개 아래 피 한 방울 흘리지 않은 채 지나가는 청춘도 물론 있습니다. 그들은 병 조각이 찔러 대는 담을 넘어가는 것이 아니라 초인종을 눌러 대문으로 들어갑니다. 다치지 않는 대신 그들은 섹시함을 얻지 못합니다.

나는 그런 면에서 이 글을 통해 여러분들이 보다 '섹시'해지기를, 최소한 '자신의 삶이 지금 섹시한가, 아닌가?' 하는 질문을 해 볼 수 있기를 바랍니다.

내가  그랬지?

이상운

경북 포항에서 태어나 연세대 국문과를 졸업하고 같은 대학원 박사과정을 수료했다. 연세대 등에 출강하다가 1997년 장편소설 〈픽션클럽〉으로 대산창작기금을 받으며 작품 활동을 시작했다. 이후 장편소설 〈탱고〉 〈누가 그녀를 보았는가〉, 청소년 소설 〈내 마음의 태풍〉, 엽편소설집 〈달의 앞치마〉, 단편소설집 〈쳇, 소비의 파시즘이야〉 등을 냈으며, 2006년 〈내 머릿속의 개들〉로 제11회 문학동네작가상을 받았다.

선행, 이라는 단어가 들려온 순간 난 에이씨, 하고 욕을 할 뻔했어. 조느라고 선생님 말씀을 제대로 알아듣지 못했거든. 뭐, 졸 수밖에 없었어. 때는 푹푹 찌는 7월 중순인데 교실엔 돌다 말다 하는, 다 죽어 가는 선풍기 두 대뿐이었으니까. 아니, 그러고 보니 졸았던 게 아니라 더위에 정신을 잃었던 것인지도 모르겠네.

아마 다 그랬을 거야. 모두들 졸거나 정신이 오락가락하거나 해서 그나마 내가 유일하게 선생님 말씀을 들었을 거야. 난 어쩔 수 없이 눈꺼풀을 덮고 있어야 할 때도 최소한 귀로는 선생님 말씀을 들어 드리려고 무진장 애를 쓰니 말이야.

하여간 선행, 이라는 단어가 들려온 순간 난 에이씨, 하고 욕을 할 뻔했어. 왜 그랬느냐 하면 나의 뇌가 선행이라는 말을 듣기만 해도 짜증 나는 선행 학습과 연결시켜 버렸거든. 미리미리 고등학교 교과 과정을 공부해 둬라 어째라, 라는 소리라고 짐작했던 거지, 졸면서, 자동적으로!

그런데 정신을 차리고 선생님 말씀을 몇 마디 더 들어 보니 그게 아니었어. 선생님이 말한 선행은 내가 잘못 들은 선행(先行)이 아니고 '선' 자를 길게 발음하는 선행(善行)이었어. 착한 행동. 못된 행동인 악행(惡行)의 반대. 그러니까 착한 짓 말이야.

그럼 그렇지, 하며 난 안도의 한숨을 푹 내쉬었어. 내가 존경해 마지않는 국어 선생님께서 선행 학습 같은 말을 입에 올리실 리가 없지, 하고. 전혀 졸지 않았다는 듯이 약간 웃기까지 하면서.

하지만 그런 다음 정말 정신을 완전히 차리고 나니 이번엔 다른 이유에서 이게 뭐야 싶었어. 에이씨, 하고 욕을 하고 싶은 정도는 아니었지만 정말이지 이게 뭐야 싶었다고.

선생님의 말씀인즉, 요약하자면 이런 것이었거든.

'여름방학 동안 선행을 하나 하고 그 일을 가지고 원고지 15매 작문을 하여 제출할 것!'

"무슨 일이든 좋아."

선생님이 말했어.

"단, 왜 그게 선행이라고 생각하는지 논리적 근거를 분명히 제

시해야 해."

 선생님은 손수건으로 얼굴의 땀을 쓱쓱 닦고는 잠과 더위의 공격으로 멍해져 있는 우리를 바라보았어.

 "중학생으로 맞는 마지막 여름방학이니 추억을 하나 만들어 봐."

 선생님이 다시 말했어, 살짝 웃으면서.

 그러자 그제야 무슨 일이 벌어지고 있는지 알아차린 아이들이, 나보다 최소한 1초는 늦게 정신을 차린 주제에 자기들 멋대로 나보다 먼저 선생님을 향하여 "우우" 하고 소리를 냈어. 그게 뭐예요, 선생님, 하고 말이야.

 아니, 이것들이 싫었지만, 뭐, 어쩌겠어. 한발 늦긴 했지만 단지 1초였으니까 나도 잽싸게 따라붙으며 선생님을 향하여 "우우" 하고 소리를 냈어. 착한 짓으로 추억을 만들라니, 도대체 그게 뭐냔 말이야. 우리가 뭐 유치원생이냐고, 앙?

 뭐, 어쨌든 방학이니 좋았어. 기뻤다고, 날아갈 듯이. 사실 방학이야말로 학교가 내게 베풀어 주는 최고의 착한 짓이니까. 안 그래?

 난 방학을 하고 나서 일주일 동안은 매일 두세 번쯤 그걸 생각했어, 그 못된 '선행'이라는 놈을. 자, 그럼 오늘 착한 짓을 하나 해 볼까, 라거나, 도대체 착한 짓을 할 만한 게 어디에 있지, 하고.

그렇게 이런 저런 궁리를 하다 보니 엄마를 위해서 이벤트를 꾸미는 것도 괜찮을 것 같았어. 예컨대, 이런 식으로 말이야.

먼저 엄마가 감탄할 만한 근사한 레스토랑을 몰래 예약해 두는 거야. 그래서 생일날 저녁이 되면 아무도 자기 생일을 알아주지 않는다고 울적해하는 엄마를 태우러 리무진이 오는 거지.

"어머, 무슨 일이에요?"

깜짝 놀란 엄마가 이렇게 물으면 잘 차려입고, 예의 바르며, 머리가 허연 기사가 고개를 숙이며 말하겠지?

"부인, 일단 가 보시면 압니다. 어서 타시지요."

"어머머, 알았어요, 잠깐만 기다려요."

그런 다음 엄마는 세수를 하고 화장을 하는 거야. 그리고 이 옷 저 옷 꺼내서 입어 보느라고 최소한 세 시간은 끈 다음 예쁘게 차려입고 차에 타겠지? 그래서 나의 지시에 따라 그 레스토랑의 제일 좋은 자리에서 미리 기다리고 있던 아빠가 지쳐서 잠들어 버리겠지? 하지만 아빠는 엄마가 도착하기 직전에 깨어나고 결국 두 사람은 행복한 저녁 시간을 보내게 될 거야. 그런데……

'그런데?'

'응. 그런데, 도대체 무슨 돈으로 이 말도 안 되는 이벤트를 하지?'

'그야 아빠 돈으로 해야지.'

'하지만 그러고도 착한 짓이라고 할 수 있겠어?'

'음…… 아마 못 하겠지?'

'그래.'

'맞아.'

뭐, 그리고 끝이었지. 그러니까, 내가 말하고 싶은 것은 내가 그런 식으로 열심히 노력했다는 거야. 뭔가가 떠오르면 그 즉시 그걸 내가 할 수 있는 착한 짓과 연결해서 생각해 보았다고. 존경하는 국어 선생님을 내가 꽤 좋아하는 편이어서 그 숙제는 방학 초반에 가장 먼저 해 놓아야겠다고 마음먹고 있었거든.

인터넷에서 '착한 글래머' 어쩌고 하는 말이 붙은 잘빠진 여자들의 사진을 보았을 때는 이런 생각도 했어. 평소 그런 걸 볼 때는 별 생각이 없었는데, 역시 국어 선생님이 내주신 그 못된 숙제 때문에 생각이 많아졌던 거야.

'여자의 예쁜 몸매가 착한 거라면 남자의 근육질 몸매도 착한 거겠지? 그렇다면 내가 방학 중에 운동을 해서 멋진 근육을 만들면 나도 착한 몸이 되는 것이고 따라서 내 몸을 그렇게 만든, 바로 내가 착한 짓을 한 게 되겠지?'

그러자 내 속의 또 다른 내가 말했어.

'하지만 넌 운동 안 할 거잖아, 그렇지?'

'응!'

이번에도 난 나 자신에게 정직하게 대답했어. 물론, 그리고 끝이었지.

사실, 애초에 그건 말이 안 되는 소리야. 예쁘고 잘빠진 여자의 몸매가 착한 것이면 그저 그런 몸매는 악한 거야? 이게 말이 되는 거냐고. 하여간에 가끔 보면 기자 아저씨들, 정말 바보 같다니까. 저런 멍텅구리 같은 소리를 태연하게 해 대고 있으니, 안 그래?

그런데 말이야, 그건 그렇다 치고, 문제는 다른 데 있어. 방학이 시작되면서 일주일간 계속해서 그렇게 저렇게 고민을 했던 내가 불가사의하게도 일주일 뒤 엄마 아빠랑 동해 바다에 다녀오면서 그만 그걸 새까맣게 잊어버렸다는 거야. 방학이 끝나갈 때까지 새까맣게, 영영, 존경하는 국어 선생님께 정말 죄송하게도.

여름방학이 끝나기 며칠 전에야 난 그런 숙제가 있다는 걸 기억해 냈어. 어이쿠 싶었지. 어쩌겠어, 연습장을 펴 놓고 나도 모르게 내가 저지른 착한 짓을 찾아내려고 기억을 더듬으며 머리를 쥐어짰지.

하지만 아무것도 없었어, 아무것도. 자꾸 생각하다 보니 방학이 있긴 있었나 싶더군. 그러면서 볼펜만 신나게 돌리는 것으로 끝났지. 정말, 내가 행한 착한 짓이 하나도 없단 말이야, 라는 생각에

맥이 빠지기도 했고.

그러자 가짜로 하나 쓸까, 라는 유혹이 다가왔어. 필요한 게 없으면 훔쳐서라도 가지려는 게 본능인가 봐. 너도 그렇지? 난 별로 그런 편은 아니지만. 하여간 그래서 이런 걸 생각했어.

어느 날 밤이야. 개고기를 팔다가 망해서 비어 있는 동네 가게에서 깡패 고등학생 세 명이 우리 옆집에 사는 초등학교 1학년 아이를 위협하고 있어, 돈을 내놓으라고. 어른들이 지나가고 있었지만 모두들 외면하고 말지. 그래서 내가 나서는 거야. 하필이면 그때 그곳을 지나치다가 그 꼴을 보고 말았으니까. 난 지독한 평화주의자지만 정의를 위해서 불가피하게 두 주먹을 불끈 쥐고…… 중략…… 이러고저러고 하여 아이를 구출해. 그러자 온 동네에 소문이 퍼지더니 지구대 대장이 피자 한 판을 사 들고 찾아와서 머리를 조아리며 나에게 감사패를 주더군. 뭐, 기분 좋았지.

어때? 이런 일이라면 이게 왜 착한 짓인지 논리적 근거를 대고 말고 할 필요도 없을 게 아니냐고, 앙?

그래서 이걸 가지고 작문을 했느냐? 쳇, 내가 그럴 리가 있겠어? 절대로 아니지. 생각 좀 해 봐. 수업 시간에 선생님이 좋아하는 낭독을 하면 아이들이 말도 안 되는 '구라'라고 난리법석일 것이고, 선생님도 의심할 것이고, 결과적으로 내가 하수 거짓말쟁이가 될 게 뻔한데 왜 그런 바보짓을 하겠느냐고, 왜?

저녁이 되자 머리가 지끈지끈 아팠어. 하루 종일 착한 짓을 물고 늘어진 탓이었지. 식탁에 앉아서 만족스런 표정으로 식사를 하고 있는 엄마 아빠를 보고 있으려니까 이런 궤변까지 막 떠올랐어.

'내가 매일 세 끼 밥을 꼬박꼬박 챙겨 먹어서 굶어 죽지 않고 계속 살아 있다는 게 엄마 아빠에게는 나의 어마어마한 선행이 아닐까? 방학 내내 단 한 번도 숨쉬기를 거부하지 않았다는 것도 엄마 아빠에게는 나의 어마어마한 선행이 아닐까?'

하지만 난 절대로 그런 말은 하지 않았어. 다행스럽게도 내 속의 또 다른 내가 긴급 경고를 발했거든. '정신 차려, 인마!' 하고.

난 지끈지끈 아픈 내 머리를 엄마 아빠가 알아차리지 못하게 슬쩍 쥐어박았어. 그러면서 이쯤에서 더 이상 말도 안 되는 공상과 망상으로 추태를 부리지 말고 당당하게 숙제를 포기하자고 결단을 내렸지. 정정당당하게, 그러니까 더 이상 머리 아프지 않게, 포기하자!

다음 날이었어. 간밤에 운명하신 스탠드의 전구를 사러 할인마트 가는 길에 마늘 까는 할머니를 봤어. 구질구질한 하천을 사이에 두고 양쪽에 자리잡은 우리 아파트 단지와 할인마트를 연결하는 다리 위에서였지. 그 다리에는 언제나 음료수, 아이스크림, 어묵, 솜사탕, 셔츠, 청바지, 봉제 인형 따위를 파는 노점이 줄지어 있어. 하지만 마늘을 까서 파는 할머니는 처음 보았어.

할머니는 현장에서 직접 까면서 그걸 팔고 있더군. 내가 지나칠 때 할머니는 막 햇빛을 가리기 위해 작은 파라솔, 이라기보다는 큰 우산이라고 해야 할 것을 펼치려 하고 있었어. 힘들어 보여서 무심결에 도와 드렸지. 그랬더니 환하게 웃었는데, 그때 갑자기 할머니가 몹시 불쌍해 보이는 거야. 허름한 옷차림과 쪼글쪼글한 얼굴, 그리고 시골집에서 보았던 콩기름을 먹인 오래된 장판 같은 피부 따위가 하나하나 눈에 들어오면서.

몇 초 뒤엔 초등학교 2학년 때 돌아가신 할머니가 생각났어. 자주 만나지도 못했고, 내가 한참 어릴 때 돌아가셨으니까 함께한 시간은 얼마 되지 않지만 절대로 잊을 수 없는 분이지. 왜냐하면 내가 네 살인가 다섯 살 때, 시골에 있는 할머니 집의 재래식 화장실에 빠진 나를 건져 내어 깨끗이 씻겨 주신 분이거든.

그래, 맞아. 내가 똥통에 빠졌다고!

이 사람 저 사람 달려들어서 앵앵 우는 나를 물로 씻기고 난리였지. 엄마는 똥을 삼킨 게 틀림없다며 당장 병원에 데려가야 한다고 큰 소리를 질러 댔고.

하지만 다른 사람들은 다들 웃고 있었어, 큰아버지댁 식구들 말이야. 그 중에서도 할머니가 제일 크게 웃었던 것 같아. 내 기억에 또렷이 남아 있어. 웃으면서 나를 씻겨 주셨지. 할머니는 맨손으로 내 몸에 묻은 똥을 샅샅이 훑어 내고 물을 끼얹고 여러 번 비누칠을 하면서 씻기고 난 다음, 나를 수건으로 감싸서 꼭 끌어안으며 말했어.

"넌 똥통에 빠졌으니 나중에 아주아주 큰 부자가 될 거야."

뭐, 그래서 울음을 뚝 그쳤지. 아주아주 큰 부자가 된다니까.

하여간, 난 까만 우산 앞에 서서 머뭇거렸어. 돌아가신 할머니가 생각나면서 갑자기 내가 해 드려야 할 일이 뭔가 더 있다는 느낌에 사로잡혔거든. 하지만 그게 뭔지는 알 수 없었어. 까야 할 마늘 더미며, 조그만 소쿠리들, 종이 상자와 비닐봉지 따위가 이미 가지런히 정리되어 있어서 내가 거들어 드릴 만한 게 보이지 않았으니까.

그래서 어쩐지 가시지 않는 아쉬움을 달래려고 '학생 고마워, 이거 하나 먹어' 하며 할머니가 깐 마늘 하나를 내 입에 넣어 주는 장면을 상상하고 있는데, 정말로 할머니가 헤헤 웃으며 깐 마늘을 하나도 아니고 세 쪽이나 내 입에 넣어 주었어, 라고 하면 거짓말이고 실제로는 아무 일도 일어나지 않았어. 할머니는 나를 잊어버린 듯 다시 마늘을 까고 있었어.

그새 깐 마늘을 넣은 작은 봉지가 두 개 만들어져 있더군. 난 그 옆의 종이 상자에 가득한 까야 할 마늘 더미를 바라보다가, 할머니의 무심한 얼굴을 바라보다가, 파라솔, 이라고는 도저히 봐 줄 수 없는 몹시 큰 검은 우산에 씌어 있는 '라스베가스'라는 시뻘건 글자를 보면서 카바레 같은 것일까, 라고 생각하다가 마침내 인사를 하고 돌아설 수밖에 없었어.

다리 위로 많은 사람들이 오가고 있더군. 속이 뒤틀려서 앵앵거리는 아기들도 많았고. 하지만 다리를 건너가서 할머니를 지켜본 3분 동안 깐 마늘을 사는 사람은 아무도 없었어. 코앞에 대형 할인마트가 있으니 당연한 일이지. 그래도 할머니는 둥근 금속 아치가 무지개처럼 시작되는 다리 난간 앞에 앉아서 즐거운 듯 마늘을 까고 있었어.

난 한 사람쯤, 깐 마늘을 사는 사람이 나타나기를 기다리며 좀 더 서 있다가 결국 단념하고 시원한 매장 안으로 들어갔어. 그리고 전구를 산 뒤 한 시간이나 이곳 저곳을 곰처럼 어슬렁거렸어. 그러자 슬슬 배가 고프기 시작했는데, 그때 다시 마늘 까는 할머니가 생각났어. 그리고 지금쯤 한 봉지 팔았을까, 라는 궁금증이 일었는데, 바로 그때야.

그 순간 파팟, 하고 머릿속에서 무지개빛 불꽃이 터졌어. 한참 뒤늦게야 내가 뭘 해야 하는지를 깨달았던 거지. 넌 그게 뭔지 알겠어? 그래, 바로 내가 고대해 마지않던 착한 짓이야, 착한 짓!

난 혹시 가 버리고 없는 게 아닐까 초조해하며 서둘러 다리로 갔어. 아, 행복하게도 할머니는 여전히 '라스베가스' 우산 아래에서 마늘을 까고 있었어. 앞뒤 재고 말고 할 것도 없었지.

난 봉지 봉지 담긴 채 쌓여 있는 탐스런 상앗빛 마늘을 보며 할머니에게 말했어.

"할머니, 마늘 좀 주세요."

할머니가 쳐다보더군. 반가워하는 눈빛을 보니 개시가 분명했어.

난 지갑에 든 돈을 모두 꺼내 할머니에게 내밀며 다시 말했어.

"이 돈만큼 다 주세요."

그러고는 놀라서 두 눈이 탁구공처럼 부풀어 오른 할머니를 보며 의기양양하게 덧붙였지.

"안 깐 것도 괜찮아요."

할머니는 다소 어리둥절하고, 한편으로는 조금 난처한 듯한 표정으로 내가 내민 돈을 바라보았어.

"농담 아니에요, 할머니."

난 재촉했어.

"어서 담아 주세요, 할머니."

그러자 마침내 할머니는 까만 대형 비닐봉지 두 개에 깐 마늘 모두와 안 깐 마늘을 담기 시작했어. 할머니가 가진 마늘의 4분의 3쯤 되었던 것 같아.

난 남아 있는 안 깐 마늘을 봉지에 담긴 깐 마늘과 바꿔 놓는 것으로 나의 착한 짓을 마무리했어. 그렇게 하면 할머니가 남은 마늘을 힘들게 까실 필요가 없을 거라고 생각했던 거지.

뭐, 내가 기대했던 것만큼 할머니가 기뻐하는 것 같지는 않았어. 하지만 사람마다 감정을 드러내는 모습이 다르지 않겠어? 난 할머니가 과묵하고 조용한 성격이어서 그럴 거라고 생각했어. 사실 내 기분에 도취되어 할머니의 그런 모습에는 별로 신경도 쓰지 않았지만.

집으로 오면서 난 오히려 엄마가 뭐라 하지 않을까 걱정했어. 하지만 나의 걱정은 그야말로 기우였어. 처음엔 눈이 휘둥그레졌으나 내가 자초지종을 설명하자 야단을 치기는커녕 칭찬하기 바빴으니까.

"아이고, 우리 현서가 기특하기도 하지."

어쩌고저쩌고 등등.

엄마는 이런 말도 했어.

"와, 우리 착한 현서 덕에 그 할머니 횡재했네."

역시 내가 제대로 한 건 한 게 분명했어. 방학 동안 꼬박꼬박 점심을 챙겨 주는 게 힘들었던지 은근히 귀찮아하던 엄마가 그렇게 기뻐했으니! 게다가 쉬는 토요일이라 아침을 먹은 뒤 다시 쿨쿨

자고 계시던 아빠까지 일어나 엄마의 칭찬 소동에 합세했으니!

난 속으로 만세를 불렀어. 내가 한 일이 의심의 여지가 없는 완벽한 착한 짓이었다는 걸 알 수 있었으니까.

솔직히 난 조금 거만해지기까지 했어.

'야, 이 자식들아. 선행을 하려면 적어도 이 정도 수준은 되어야지, 앙?'

난 속으로 말했어, 우리 반 못된 녀석들에게.

그런 다음 아빠로부터 용돈을 다시 받고 특별상으로 웃돈까지 받고 보니 할머니에게 달려가서 뽀뽀라도 해 드리고 싶었어. 할머니가 무뚝뚝한 분이어서 내가 기대한 것처럼 크게 기뻐하지 않았다는 게 아쉬웠지만, 뭐, 작문을 할 때는 두 눈에 눈물이 그렁그렁 맺힐 정도로 할머니가 굉장히 기뻐하셨다, 라고 쓰면 되니까. 그 정도 거짓말은 해도 되지 않겠어?

그런데 말이야. 문제는 항상 이런 식으로 정체를 드러내. 그런데, 라거나, 그러나, 라고.

그런데 바로 오늘이었어. 아침을 먹고 이제 슬슬 작문 숙제를 해 볼까, 하고 폼을 잡고 있는데 준호에게서 전화가 왔어. 함께 영화를 보자고, 그것도 자기가 보여 주겠다고.

난 순간적으로 내가 할머니에게 행한 착한 짓의 보상을 받는구나 생각했어. 준호 녀석은 내가 그런 훌륭한 일을 했다는 걸 전혀 모르겠지만 하늘은 아실 테니 말이야.

하지만 다음 순간 의심도 되었어. 고 놈은 자기가 한턱을 내면 반드시 대가를 요구하는 놈이거든. 그것도 내 쪽에서 까맣게 잊고 있을 때쯤 해서 그 일을 꺼내는 방식으로.

'야, 정현서. 그때 내가 너한테 그렇게 해 줬으니까 이번에 네가 이렇게 해 줘. 그래야 공평하지. 세상에 공짜는 없는 거야, 자식아.'

고 놈은 늘 이런 식이거든.

그렇다면 이번에도 틀림없이 무슨 꿍꿍이가 있을 텐데, 그게 뭘까? 난 잠시 생각했어. 하지만 내가 그걸 어떻게 알 수 있겠어? 녀석은 일단 시간이 좀 흐른 다음 내가 까맣게 잊고 있을 때 그 일을 들이대는 방식을 고수하는 놈인데.

뭐, 그래서 에라 모르겠다, 하고 결단을 내렸어. 공짜로 영화를 보여 주겠다니 나중에 내 목숨이 위태로워질지언정 일단 보고 봐야지 않겠어?

난 찜찜한 마음을 내팽개치고 얼른 뛰어나가 녀석을 만났어.

"야, 봉준호. 웬일이냐? 방학 동안 땀 흘리면서 개과천선했냐?"

내가 묻자 녀석이 대답했어.

"어, 아빠 친구 분이 놀러 오셨다가 용돈을 주셨거든."

"그냥 그거야?"

"응. 영화 혼자 보면 재미없잖아."

"그건 그렇지."

"야, 어서 가자."

"그래."

우리는 할인마트 지하에 있는 극장으로 갔어. 다리를 지나가는데 마늘 까는 할머니가 생각나더군. 하지만 이른 시각이라 할머니는 보이지 않았어. 대신 이런 저런 생각이 한꺼번에 뇌리를 스치고 지나갔어. 어제는 언제 집으로 가셨을까? 남은 마늘은 다 파셨을까? 집에 가서 누군가에게, 그러니까 내 또래 손자나 손녀에게 내 얘기를 하면서 고마워하지 않았을까? 오늘 또 나오실까? 혹시 똥통에 빠진 어린 손자를 씻겨 주신 적이 있을까? 등등.

준호와 나는 〈악당들〉이라는 영화를 보았어. 이런 내용이었지. 미국식 패스트푸드를 너무 먹어서 인 과다섭취로 흥분한 일단의 악당들이 한강 시민공원을 점령하고 행패를 부리는데, 바보 같은 어른들이 엉터리 회의만 하고 있는 동안 똥거름유기농토종음식동호회 청소년들이 악당들을 제압하고 한강을 시민들에게 돌려준다, 얏호!

뭐, 그럭저럭 재미있었어. 특히 악당들의 행패가 볼 만했어. 그중에서도 아무 데서나 옷을 홀랑 벗고 이상한 춤을 추는 여자 악당이 봐 줄 만했지.

그런데 말이야. 바로 이번 '그런데'가 결정적인 '그런데'야. 드디어 어쩐지 찜찜했던 알 수 없는 그 뭔가가 정체를 드러냈어.

영화를 보고 나서였지. 무슨 이유인지 또 한턱 내겠다며 준호가 사 준 햄버거와 콜라를 맛있게 먹었는데, 그 음식 때문이었는지 영화에서 본 발가벗은 여자 악당의 기억 때문이었는지, 난 바로 그 악당들처럼 엄청 흥분해 버렸어.

준호가 여동생에게 준다면서 작은 봉제 곰인형을 산 뒤, 쇳덩어리 아치 아래 펼쳐진 '라스베가스' 우산을 보았을 때야.

'얏호, 할머니다!'

흥분한 난 속으로 이렇게 외쳤어. 그러면서 뭔가에 떠밀린 것처럼 거칠게 준호를 잡아끌었어. 정말로 개과천선했는지, 아니면 나중에 나한테 무슨 수작을 부리려고 작전을 수행 중인지 알 수 없는 이 준호라는 놈에게 내가 어떻게 착한 짓을 하는지 보여 주자는 열망에 휩싸였던 거야.

"야, 지금부터 넌 내 증인이야."

난 녀석에게 말했어.

"웬 증인? 뭐야?"

"입 닫고 그냥 보기나 해!"

그런 다음 난 내 착한 짓의 증인으로 선택 받은 준호를 옆에 세워 놓고 할머니에게 씩씩하게 인사를 했어. 할머니가 나를 알아보고 환한 얼굴로 반겨 주더군. 하지만 그 환한 웃음에 뒤이어 곧 벼락이 치기 시작했어.

"할머니, 이거 다 주세요."

내가 이렇게 말한 순간부터야.

갑자기 할머니의 얼굴이 여자 '악당'으로 바뀌어 버렸어. 환하게 웃던 온화한 할머니가 갑자기 심술궂고 신경질적인 '할망구'로 돌변했다고.

내 생각은 할머니 앞에 놓여 있는 깐 마늘, 안 깐 마늘을 몽땅 사 버리겠다는 것이었지. 새로 받은 용돈과 상으로 받은 웃돈까지 더하면 마늘을 다 살 수 있을 것 같았거든.

솔직히 말해서 돈을 모두 내놓으려니 아까웠어. 그래서 좀 멈칫거렸어. 머릿속으로 엄마 아빠가 한 번쯤 더 나의 착한 짓을 칭찬해 주고 보상해 주지 않을까, 하는 치사한 계산도 하는 한편, 무슨 영문인지 순식간에 '악당'의 얼굴이 된 할머니를 보며 불길한 예감에 사로잡힌 채 말이야.

난 그렇게 마음과 머리가 어수선한 상태에서 검은 비닐봉지를 집었어. 그러자 할머니가 마치 파리채를 휘두르는 것처럼 손을 뻗어 내게서 비닐봉지를 빼앗아 버리지 않겠어? 그러고는 놀라서 어쩔 줄 모르고 엉거주춤 쪼그린 채 얼어붙은 내게 날카롭고 단호한

음성으로 말했어.

"안 팔아!"

할머니는 나와 눈도 마주치지 않았어.

난감하더군. 계속 그 자세로 가만히 있는 것도 그렇고, 그냥 일어서기도 그랬으니까. 그래서 여전히 쪼그려 앉은 채 슬며시 고개를 돌리니까 나와 눈이 마주친 준호가 살짝 웃으며 어깨를 으쓱했어. 마치 약을 올리는 것처럼.

난 다시 흥분하기 시작했어.

"필요해서 그러는데요, 할머니."

내가 말하자 새 마늘 한 통을 집어 쪼개기 시작한 할머니가 대꾸했어.

"그럼 저기 가서 사."

'저기'는 물론 할인마트였지.

"에이, 그러지 마시고 몽땅 주세요, 할머니."

난 다시 도전해 보았어.

"그럼 할머니도 편하시잖아요."

할머니가 고개를 가로젓더군. 그 모습을 본 난 한편으로는 휴, 아까운 돈을 건졌다, 다행이다, 하고 안도하면서, 다른 한편으로는 몽땅 사겠다는데 왜 안 팔겠다는 거냐 싶어 불쾌해했고, 또 다른 한편으로는 10초쯤 뒤에 슬그머니 일어서야지, 하고 생각했어.

그러다가 3초 뒤에 '라스베가스' 우산 쪽으로 비켜 선 준호가 나를 보고 헤벌쭉 웃는 걸 보고는 다시 도전하고 말았어.

"할머니, 저기……"

내가 입을 연 순간 할머니가 외쳤어.

"아, 그만둬! 썩 꺼져!"

휴, 얼마나 놀랐는지 난 거의 까무러칠 뻔했어. 다행히 까무러치지는 않았지만 흠칫하며 엉덩방아를 찧고 말았지. 그러고는 잠시 멍하니 있다가 마침내 정신을 차리고 일어섰어. 그런 다음 잔칫집에서 쫓겨난 거지처럼 슬금슬금 걸음을 옮기기 시작했어. 무섭고, 서럽고, 화도 나는 이상한 감정 상태로 말이야.

난 한 걸음 한 걸음 옮기며 속으로 물었어.

'뭐야, 이게? 어떻게 된 거지?'

줄곧 물었지만 알 수 없었어.

"어떻게 된 거야?"

졸졸 따라오던 준호가 묻더군. 녀석은 주제 파악이 안 된다는, 그러나 내가 난처해진 게 즐겁다는 얼굴이었어.

나야 뭐, 무슨 말을 해야 할지 몰라서 입을 다물고 있었지.

그러자 녀석이 말했어.

"하여간 난 증언할 수 있어. 내 두 눈으로 똑똑히 보고 두 귀로 똑똑히 들었으니까."

고 놈은 내가 바보처럼 얼이 빠진 게 즐거웠던 거야.

터덜터덜 걷던 난 다리 끝에 다다라 걸음을 멈추고 난간에 기댔어. 당혹감이 가라앉으면서 화가 치밀어 오르기 시작하더군.

'자자, 정현서. 생각하자, 생각하자.'

난 나를 격려하면서 속으로 말했어.

'뭐야, 내가 뭘 잘못한 거지? 할머니 자존심을 건드린 거야? 동정을 받기 싫다는 거야, 뭐야?'

문득, 실실 웃고 있는 준호를 패고 싶었어. 이 놈이 〈악당들〉을 보자고 하지 않았으면 이런 일을 당하지 않았을 텐데 싶었거든. 그러고 보니 영화를 보여 주고 햄버거까지 사 준 녀석의 행동이 정말 의심스러웠어.

'이 녀석도 뒤늦게 작문 숙제를 하려고 착한 짓이랍시고 나한테 한턱 쏜 게 아닐까?'

틀림없이 그럴 것 같더군. 그러니까 낭독 수업 중에 나를 증인으로 내세우려고 영화를 보여 주고 햄버거까지 사 준 거지. 이 음흉한 자식.

'어쩌지?'

난 웃는 것인지 아닌지 알 수 없는 묘한 표정으로 나를 바라보고 있는 녀석을 째려보며 생각했어.

'햄버거를 토해서 뱉어 줄까? 그건 어쩌면 가능할 것도 같은데, 하지만 이미 보아 버린 영화는 어떻게 하지?'

"야, 봉준호."

"왜?"

"너 인마, 나한테 못된 짓을 했어."

"웬 못된 짓?"

"모르겠어?"

"왜 그래? 뭐야?"

"너 때문에 할머니한테 욕을 먹었잖아, 자식아."

"그게 왜 나 때문이야?"

"네가 영화 보자고 안 했으면 오늘 만날 일이 없었으니까 그렇지."

"도대체 무슨 소리야? 영화 보여 주고 햄버거까지 사 줬더니……."

"야, 그만두자."

"뭐?"

"그만두자고."

그래, 난 그 문제는 일단 접어 두기로 했어. 준호가 그런 의도를 가지고 있었는지 아닌지는 어차피 며칠 지나면 알게 될 테고, 사실 지금 중요한 것은 할머니가 왜 버럭 화를 내며 나를 내쫓았는지 그걸 알아내는 것이었으니까.

'뭐야, 도대체 왜 할머니가 화를 내신 거지?'

난 계속 생각했어.

'왜 그랬지? 이유가 뭐지? 내가 뭘 잘못했지?'

"너, 저 할머니랑 무슨 일 있었어?"

잠자코 나를 지켜보던 준호가 말했어.

"난 뭐가 뭔지 이해가 안 돼."

'나도 마찬가지야, 자식아. 그러니 닥치셔.'

난 준호를 무시하고 멀리 떨어진 '라스베가스' 우산 아래 앉아서 마늘을 까고 있는 할머니를 바라보았어. 한참 동안, 온몸으로 뜨거운 햇살을 고스란히 받아들이면서. 그러자 화가 가라앉으면서 할머니의 모습이 또렷이 눈에 들어오더군. 우산 아래 앉아 있는 할머니는 처음 만났을 때 모습 그대로였어. 다소곳하고, 과묵하고, 너그러운 할머니 말이야. 조금 전의 '악당' 같은 '할망구'가 진짜였을까 싶을 정도로.

기분이 이상했어. 찌리릿, 하고 머리에 전기가 흐르는 것 같기도 했고. 뭐지, 이 느낌은? 하고 난 내게 물어보았어. 도대체 무슨 일이 있었던 거지? 아니, 내가 뭘 한 거지? 하지만 난 알 수 없었어. 치솟았던 화는 가라앉았지만 난 바보가 된 기분이었다고. 할머니는 아무 일도 없었다는 듯이 평화로운 모습인데 말이야.

난 다시 흥분되려 하면서 할머니에게 뛰어가 왜 할머니가 화를 냈는지 물어보고 싶었어. 하지만 그러지 못했어. 그때 준호가 내 주의를 다른 데로 돌려 버렸거든.

사실 녀석이 그러지 않았다고 해도 내가 할머니에게 가서 그걸 물어보았을 것 같지는 않아. 그럴 용기도 없었고, 솔직히 더 이상 할머니가 편하지 않았거든. 아니, 편하지 않은 정도가 아니고 무서웠어.

"뭐야, 안 가?"

동생에게 주려고 산 곰인형으로 내 머리를 툭 치면서 준호가 말했어.

울컥 화가 치솟더군. 하지만 난 녀석에게 아무런 대꾸도 하지 않았어. 그때 막 내 기특한 머리가 떠올린 라퐁텐의 곰 이야기에 주의가 쏠렸거든. 낮잠 자는 노인의 코에 앉은 파리를 쫓아 주려고 돌멩이를 던져서 파리는 물론 노인까지도 지구를 떠나게 했다는 이야기 말이야.

뭐, 내가 그 곰처럼 그렇게 한심한 짓을 한 건 아니겠지만 어쨌든 결과적으로는 할머니를 괴롭히고 말았어. 괴로우니까 그렇게 화를 낸 게 아니겠어?

하지만 말이야, 괴롭긴 나도 마찬가지였어. 할머니도 나를 괴롭

했다고. 내가 무슨 큰 잘못을 저질렀는지 모르겠지만 어쨌든 착한 짓을 한 번 더 해 보려는 내게 상처를 입혔다고.

'에이, ××!'

난 속으로 중얼거렸어.

'이건 너무 복잡하잖아? 도대체 선행이 뭐야? 선생님, 도대체 선행이 뭐예요?'

"야, 안 가냐니까?"

그때 지겨워진 준호가 다시 말했어. 또 곰인형으로 내 머리를 툭 치면서. 그래서 뭐, 나도 할머니처럼 빽 소리를 질러 버렸지. 내 눈썹에 달라붙은 땀방울이 후드득 떨어져 나갈 정도로 크게.

"저리 꺼져! 너 혼자 가, 인마!"

그러니까 내 말은, 글쎄 봉준호가 나 정현서에게 정확히 뭘 잘못했느냔 말이야, 뭘, 앙?

|||| 이상운 ||||

　가을입니다. 매년 이 계절에 들어설 때마다 중학교 시절을 떠올리곤 합니다. 깊은 밤에 홀로 깨어 바닷가 모래알처럼 많은 별들을 보면서 우주의 끝은 어디일까, 하고 물어보곤 했지요.
　하지만 답을 얻진 못했습니다. 지금도 나는 알지 못합니다. 우주에 끝이 있을까요? 아마 없겠지요. 끝이 있다면 그 끝의 다음에 또 무엇이 있어서 끝일 수가 없을 테니까요.
　그래서 시작도 끝도 없고, 중심도 경계도 없는 게 우주라는 설명을 받아들일 수밖에 없지만, 문제는 그런 모양의 우주라는 게 어떤 것인지 도무지 상상할 수 없다는 것이지요.
　인간 세상의 선과 악이라는 것도 우주만큼 어려워 보입니다. 그를 도와주려고 한 나의 행동이 그에게 해를 끼치기도 하고, 나를 위해서 그렇게 했다는 그의 행동이 나를 화나게 하기도 하지요.
　우리 개개인의 일상생활에서도 그렇지만, 역사를 돌아보면 어느 한 편의 손을 들어 주기 어려운 일들이 너무나 많습니다. 군국주의 일본을 굴복시키기 위해 히로시마에 원자탄을 투하하여 많은 사람들을 죽인 일은 선일까요, 악일까요?
　선과 악은 뫼비우스의 띠를 닮은 것 같습니다. 180도 꼬아서 붙여 놓은 띠 말입니다. 이 띠에서는 어디가 밖이고 어디가 안인지, 그 경계가 어디인지 가르는 게 불가능하지요.
　철학자 스피노자는 어떤 하나가 동시에 선도 되고 악도 되면서 또한 어느 쪽도 되지 않는 일이 가능하다고 말합니다. 그러면서 감미로운 음악은 우울한 사람에게는 선이지만, 상(喪)을 당한 사람에게는 악이며, 청각장애인에게는 선도 악도 아니라는 예를 들고 있습니다.
　아니, 그렇다고 세상만사 뭐가 뭔지 도통 모르겠다는 회의주의에 빠지자는 말은 결코 아닙니다. 우주도, 세상도, 인간도, 선악의 문제도 1+1=2 같은 게 아니니까, 섬세하고 관용적인 정신이 필요하다, 이런 정도의 얘기입니다.
　내가 너무 심각했나요? 뭐, 하여간…… 가끔은 밤하늘의 별들에게도 눈길을…….

세상에 단 한 권뿐인 시집

박 상 률

1990년 '한길문학'을 통하여 작품 활동 시작했다. 시집 〈진도아리랑〉〈배고픈 웃음〉〈하늘산 땅골 이야기〉, 소설 〈봄바람〉〈나는 아름답다〉〈밥이 끓는 시간〉〈너는 스무 살, 아니 만 열아홉 살〉〈나를 위한 연구〉, 희곡집 〈풍경소리〉, 동화 〈바람으로 남은 엄마〉〈까치학교〉〈미리 쓰는 방학 일기〉〈구멍 속 나라〉〈개밥상과 시인 아저씨〉 등을 펴냈다.

마감 날짜를 이미 넘긴 원고가 있어 한숨도 자지 못하고 밤을 새웠다. 겨우 원고 쓰기를 마치고 기지개를 켜려는 순간 전화벨이 울렸다.

"새벽같이 웬 전화지?"

며칠 전부터 원고 독촉을 해 대던 잡지사 기자는 아직 출근할 시간이 아니었다. 새벽이나 밤중에 걸려 오는 전화는 대개 좋지 않은 소식을 전하는 경우가 많아 나는 조금은 긴장한 채 전화 수화기를 들었다.

"여보세요? 거기……"

여자였다. 그러나 전화선을 타고 넘어온 목소리만으로는 누구인지도 모르겠고, 나이를 가늠하기도 어려웠다. 나는 누구냐고 물으려다 저쪽에서 말하는 대로 내버려 두기로 했다.

"네, 말씀하세요."

"거기 글 쓰시는……"

나를 찾는 전화인 것 같기는 했다. 여자는 자신의 신분을 밝히지 않고 한참을 머뭇거렸다. 나는 이 여자가 누굴까 하며 열심히 머릿속을 더듬었으나 도무지 짐작이 가지 않았다. 잠시 침묵이 흘렀다. 여자는 여전히 자신이 누군가는 밝히지 않은 채 용건을 말했다.

"돌려 드릴 것이 있어서요……."

뜬금없는 소리였다. 나는 잠시 멍해져서 다시 침묵했다. 여자가 잠깐 사이를 둔 뒤 더듬더듬 말했다.

"스무 해 동안, 갇혀 있던, 말들이에요……."

나는 무슨 말인가 싶었다.

"스무 해 동안이나 갇혀 있던 말들이라고요?"

"네, 스무 해 동안……."

알 수 없는 일이었다.

여자는 내 사정은 묻지도 않고 일방적으로 약속 시간과 장소를 정한 뒤 전화를 끊었다. 끝내 자신이 누구인지도 밝히지 않았다. 나는 도깨비에게 홀린 것만 같았다. 웬 여자가 느닷없이 새벽같이 전화하더니 나오라고 하는 것이다. 그런데도 나는 나가겠다고 했다. 누구인지도, 어떤 일인지도 모르면서 거절하지 못하고 나간다고 한 자신이 우습기만 했다.

원래 나는 오전 약속을 하지 않는 사람이다. 사사로운 일은 물론 출판사 일 따위를 보러 나갈 때도 될 수 있으면 오후에 약속을 잡아 나간다. 굳이 복잡한 아침 출근 시간에 바깥에 나갈 까닭이 없는 것이다. 더더구나 오늘은 밤을 꼬박 새우기까지 했다. 그런데도 이른 아침의 일방적인 약속을 받아들인 것이다.

'아닌 밤중에 홍두깨지, 이게 뭐야? 나한테 돌려줄 게 뭐지? 어떤 여자지?'

나는 전자우편으로 서둘러 잡지사에 원고를 보냈다. 이어 졸음을 이기느라 뻑뻑해진 눈을 손등으로 비비며 아침을 먹는 둥 마는 둥하고서 바로 옷을 챙겨 입고 여자를 만나기 위해 집을 나섰다.

밖엔 눈이 퍼붓고 있었다. 내가 탄 버스는 조심조심 눈길을 달렸다. 눈이 내리는데도 워낙 서둘러 집을 나선 까닭에 약속 시간보다 꽤 이르게 여자가 일러 준 찻집에 도착했다.

여자는 나보다 더 먼저 나와 있었다. 내가 찻집 문을 열고 안으로 들어가자마자 자리에 앉아 있던 여자가 벌떡 일어나 나를 바라보았다. 이른 아침이어서 찻집에 다른 손님은 없고 찻집 주인은 아직 아침 청소 중이었다.

가까이 다가가 여자를 보는 순간 나는 온몸이 굳어 버리는 줄 알았다. 현아였다. 옷차림과 몸피는 예전과 다르지만 얼굴 모습은 거의 스무 해 전 여고생 때의 청순하던 소녀 모습 그대로인 현아가 눈앞에 나타난 것이다.

"현아……."

이름 말고는 다른 말이 더 이상 입에서 떨어지지 않았다. 현아가 손을 내밀었다. 나는 얼떨결에 그 손을 내려다보며 마주잡았다. 여전히 희고 맑은 손이었다. 찌릿찌릿하는 느낌이 그대로 전해졌다. 문득 그 옛날 현아가 손을 내밀어 첫 악수를 청하던 때가 떠올랐다. 내 느낌은 순식간에 그때로 돌아가 있었다.

우리 둘은 그렇게 손을 잡은 채 말없이 서로를 바라보기만 했다. 현아의 두 눈은 예전과 마찬가지로 호수처럼 크고 맑았다. 초롱초롱하던 눈빛이 이젠 축축하게 젖은 느낌이 드는 것 말곤 예전 그대로였다. 한참 지나자 현아의 손에 땀이 밴 걸 느낄 수 있었다. 현아가 슬며시 손을 빼더니 탁자 위의 누런 봉투를 집어 들었다. 이내 곧 현아는 봉투 속에서 공책을 한 권 꺼낸 뒤 다짜고짜 내 앞으로 내밀었다.

나는 영문을 모른 채 공책을 받아 든 뒤 겉표지를 열어젖혔다. 속표지에 검정 만년필 글씨로 '이 세상에 단 한 권뿐인 시집을 내 사랑하는 소녀 현아에게 바친다'라고 씌어 있고, 그 아래에는 날짜와 내 이름이 휘갈겨져 있었다.

"아!"

나는 짧은 신음 소리만 내뱉은 채 공책을 뒤적여 볼 엄두도 내지 못했다. 그 해 겨울의 찬바람이 가슴을 뚫고 지나갔기 때문이다.

고등학교 시절, 나는 선생님과 친구들의 눈을 피해 남몰래 시를 썼다. 어느 때부터인지 정확히 기억은 나지 않지만 학년이 높아지며 점차 학교생활이 지긋지긋해질 무렵부터였을 것이다. 오로지 대학이 인생의 전부라는 듯이 모든 수업 시간 내내 '대학, 대학' 하는 학교 분위기가 싫어지면서였다.

'사람이 공부하는 기계도 아니고 이게 뭐야……'

나는 전체 학생이 죄다 공부하는 기계가 되어 날이 갈수록 바보가 되어 간다고 생각했다. 그런 때 시를 만난 게 나로서는 굉장한 행운으로 여겨졌다.

'시를 모르고 어떻게 삶을 사는 것이라고 하겠는가! 시는 바로 인생이고, 인생은 바로 시야. 난 기어코 인생을 모르는 사람들의 영혼을 쓰다듬어 줄 시를 쓸 거야. 단 한 사람의 영혼이라도 쓰다듬어 줄 수 있는 시를 쓸 거야!'

나는 기고만장해 있었다. 나는 이미 세상을 다 알아 버린 것만 같았고, 그깟 대학이나 가기 위해 아등바등하는 학생들 모두 좀스럽게만 느껴졌다.

그렇게 시를 쓰네 문학을 합네 하며 이 책 저 책을 남독하다가 그만 니체와 쇼펜하우어의 탈속한 듯한 주절거림과 선승들의 거침없는 기행담에 푹 빠져들었다. 그랬으니 학교 공부가 제대로 될 리가 없었다. 그런데도 부모님은 내가 당연히 좋은 학교 좋은 학과에 들어갈 줄 알았다.

"니는 없는 촌살림에 고등학교를 도시로까지 보냈은께 꼭 좋은 대학 가서 출세혀야 되야. 알았제?"

아버지의 그런 바람과 달리 나는 대학 같은 건 거들떠보지도 않았다.

'그깟 대학 나와서 뭐 한다고 저러실까? 나는 밥벌이보다 더 소중한 일을 할 사람인데…….'

대학입시가 코앞에 닥쳐왔지만 나는 이미 대학 같은 것에는 관심을 두지 않고 뜻도 모를 어휘들을 조합해서 탈속한 도인들의 잠언적인 냄새가 그럴싸하게 묻어 나는 시 쓰기에 몰두했다.

아궁이 속에서 시뻘겋게 타고 있는
너의 육신을 보았는가
검은 재 몇 줌으로 남은 너의 목숨
바로 너의 인생이다
나무여,

바람 소리 길게 듣지 말라

　내가 쓴 시라고 믿기지 않을 정도로 보면 볼수록 기가 막힌 시였다. 나무여, 바람 소리 길게 듣지 말라니! 나는 내가 시적 재능을 타고난 게 틀림없다고 믿어 의심치 않았다.
　'히히, 누가 이런 표현을 생각이나 하겠냐!'
　나는 마치 신들린 듯이 시를 써 갈겼다. 시를 통해 뭇사람들의 영혼을 쓰다듬어 줄 말씀을 들려주어야만 할 것 같아서였다. 시인을 부처보다도 예수보다도 공자 맹자보다도 더 뛰어난 존재로 믿었다. 그러니 시는 마땅히 세속의 탁한 삶에 눈먼 이들에게 뭔가 그럴싸한 경구를 들려주어야 하는 걸로 알았다. 이 세상의 모든 풍경이 다 시시하게 느껴질 뿐이었다. 그때 현아를 알았다.
　현아는 같은 반 친구가 하숙하고 있는 집의 주인 딸이었다. 그 친구와 나는 고등학교 삼 년 내내 같은 반이었다. 그래서 둘은 겉으로나마 가장 가까이 지내는 사이였다. 어느 날 친구 하숙집에 우연히 들렀다가 우리보다 한 학년 아래라는 현아를 보는 순간 속으로 남몰래 도인인 척했던 내 자신의 바탕이 와르르 무너지고 말았다. 검정 교복에 가는 목을 두른 하얀 깃. 오뚝한 코에, 아침 햇살에 이슬을 머금은 듯 반짝거리는 눈. 아, 그리고 무엇보다 봉긋이 솟아오른 가슴. 나는 현아를 제대로 바라보기는커녕 거의 숨도 못 쉴 지경이었다. 현아가 희고 맑은 손을 내밀며 악수를 청했다.

"오빠, 시 쓴다면서? 야, 멋지다!"

현아가 내 손을 쥐는 순간 온몸이 찌릿찌릿하며 어지러웠다. 이어 현아가 손을 가볍게 흔들기까지 하자 내 온몸이 다 흔들리는 것 같았다. 아니, 발 딛고 서 있는 바닥까지 흔들리는 것 같고 나아가 지구가 흔들리고 온 세상이 다 흔들리는 것만 같았다.

친구가 현아에게 내 얘기를 한 적이 있는지 현아는 내가 시를 쓴다는 걸 알고 있었다. 나는 애써 티를 내지 않았지만 친구는 내가 하는 짓을 눈치 채고 있었던 모양이었다. 나는 얼굴이 화끈거려 제대로 대답조차 하지 못했다.

"오빠, 교과서에 나오는 시는 뜻도 알쏭달쏭하고 재미도 없잖아. 그런 시 말고, 사람들 마른 가슴을 촉촉하게 적셔 줄 수 있는 시를 써 봐!"

나는 뭔가 단단한 것으로 뒤통수를 한 대 맞은 기분이었다. 사람들 마른 가슴을 촉촉하게 적셔 줄 수 있는 시! 그 말을 듣는 순간, 시라면 마땅히 그래야 된다는 생각이 들었다.

그 뒤 나는 그다지 볼일도 없으면서 틈이 날 때마다 친구 하숙집, 아니 현아네 집에 들렀다. 스스럼없고 싹싹한 소녀인 현아는 친구가 없어도 나를 거리낌없이 대해 주었다. '오빠'라는 소리는 첫 만남에서부터 자연스럽게 했고, 자기가 본 책이나 영화 이야기도 들려주었다. 나는 본디 여동생이 없는 터라 현아가 더욱 사랑스러웠다. 특히 맑고 큰 눈을 바라볼라치면 마치 커다란 호수를 바라보고 있는 것 같았고, 이내 곧 그 눈 속에 빨려 들어갈 것만 같았다.

나는 바야흐로 막연하기 짝이 없는 삶이니 세상이니 하는 것은 뒤로 제쳐 두고 눈앞의 현아 생각에 빠져 하루하루를 보내게 되었다. 그러다 보니 친구를 보러 가는 게 아니라 현아를 보러 가는 꼴이 되고 말았다. 어느 순간부터는 속으로 아예 친구가 집에 없기를 바라며 찾아가고 있었다. 그러다 친구도 없고 현아도 없는 날엔 괜히 심통이 나기도 했다. 혹시 둘이서만 영화라도 보러 간 게 아닐까 하는 생각이 들어서였다.

나는 현아네 집에 갔다 오기만 하면 열병을 앓았다. 현아를 만난 날이면 현아를 만난 느낌이 좋아서 그랬고, 현아를 만나지 못한 날이면 애가 타서 그랬다. 좋은 느낌은 좋은 느낌 그대로 간직하고 싶었고, 애가 탄 느낌은 어떻게든 현아에게 전달하고 싶어 안달이 났다. 그러다 보니 나도 모르게 연습장을 펴 놓고 뭔가를 끼적이게 되었다. 그 동안 끼적거린 시와는 다른 시를 끼적거리게 된 것이다. 막연히 내 멋대로 세상에 대해 내뱉는 관념적이고 추상적인 말이 아니라 구체적인 대상을 두고 절실하게 애를 태우는 감정이 그대로 묻어 나는 말들이 튀어나왔다.

그때부터 나는 연애 감정보다 더 소중한 감정은 이 지상에 없는 거라고 여기며 열심히 연애시를 써 갈겼다. 어느 순간이 지나자 연습장에 따로 쓸 필요도 없었다. 공책 한 권을 마련하여 일련번호까지 매긴 뒤 바로 시를 썼다. 며칠 지나지 않아 공책 한 권이 아주 감동스런 연애시로 그득해졌다. 다시 읽어 봐도 구구절절이 명시였다. 특히 현아를 처음 만났을 때의 느낌을 그린 시는 몇 번을 다시 들여다보아도 그럴싸했다.

소녀의 눈은
맑은 이슬로만 채워진 호수입니다
햇살이 내리쬐면 호수가 반짝입니다
금빛으로 은빛으로
빛나는 호수면
그 위에 가만히 눕고 싶습니다

시가 공책의 마지막 장까지 채워진 날 나는 하루 내내 방구석에 처박혀 공책 표지를 나름대로 멋지게 꾸미고 공책의 속지 여백에 간단한 그림도 그려 넣었다. 그야말로 이 세상에 한 권뿐인 수제품 시집을 만든 것이다. 그런 뒤 현아에게 주기 위하여 자취방을 나섰다.

아직 어두워지기 전이었다. 마치 시집 완성을 축하해 주기라도 하듯이 소담스런 눈이 펑펑 쏟아지기 시작했다. 나는 시집을 품속에 넣고 겉옷을 단단히 여며 눈에 맞지 않도록 했다. 현아네 집까지 가는 동안 내 발걸음은 공중에 붕붕 뜨는 것 같았다. 뺨에 와 닿는 눈이 차갑게 느껴지지도 않았고, 머리에 쌓이는 눈이 거추장스럽게 느껴지지도 않아 일부러 털어 낼 필요도 없었다.

현아네 집 골목 어귀에 들어섰을 때였다. 눈 위에 발자국 넷이 찍혀 있었다. 남자 신발과 여자 신발 자국 한 쌍이었다. 눈은 발자국 위에도 쏟아져 내렸지만 발자국은 쉽게 지워지지 않았다. 발자국은 현아네 집으로 이어져 있었다. 나는 불현듯 이상한 느낌이 들었다.

'혹시 둘이서 눈 맞이하다 들어간 게 아닐까?'

친구랑 현아 둘이서 눈이 내리는 밖에서 놀다가 들어간 것만 같았다. 가슴이 마구 뛰며 방망이질을 해 댔다. 순간, 얼른 뛰어가 아직 두 사람이 마당에 있는지 어떤지를 확인하고 싶어졌다. 그런가 하면 둘이서 함께 있는 것을 차마 볼 수 없을 것만 같아 오늘은 이만 돌아갈까 하는 마음이 들기도 했다. 이럴까 저럴까 마음의 갈피를 못 잡으면서도 내 발걸음은 어느새 현아네 집 앞에까지 이어졌다. 나는 두 눈 꼭 감고 열린 대문 안으로 들어갔다.

"어?"

처마 밑 섬돌 위에서 눈을 털고 있는 이는 친구와 아주머니 한 분이었다.

"아!"

나는 가슴을 쓸어 내렸다. 현아가 아닌 것에 그때까지의 불안이 가시고 마음이 놓인 것이다.

친구가 아주머니를 소개했다.

"우리 어머니이셔, 내일 친척 결혼식이 있어서 시골집에서 지금 오셨어. 하필 눈이 많이 내리는 날 오시느라……."

나는 아주 공손하게 인사를 했다. 내가 어른들한테 인사를 할 때 최대한 갖출 수 있는 자세를 취하면서 말이다. 속으로 웃음이 나왔다. 얼굴이 화끈거렸다. 내가 인사를 하고 나자 친구 어머니가 웃으며 말했다.

"아이고, 좋은 친구인갑네. 인사성 밝은 것 봐. 이참에 대학은 어디로 가는 것이여?"

다 좋았는데 대학이라는 말이 귀에 거슬렸다. 나는 대학 같은 건 안중에 없어서였다. 친구 어머니가 눈을 탈탈 털고 친구 방으로 들어가자 친구가 현아 방 쪽을 향해 가볍게 턱짓을 한 뒤 나를 슬쩍 훑어보았다.

"현아는 집에 없는가 봐."

내가 누구를 보러 왔는지 다 안다는 투였다. 나는 내 마음을 친구한테 들킨 것만 같아 또 얼굴이 화끈거렸다. 그러든 저러든 일단은 현아가 집에 없다는 게 무척 다행으로 여겨졌다. 이렇게 분위기 좋은 날 친구랑 현아가 한 집에 같이 있으면 안 될 것 같은 생각이 자꾸만 들었다.

"현아 없어도 돼. 그 대신 이것 좀 전해 주라……."

내가 품에서 수제품 시집을 꺼내 친구 앞에 내밀자 친구가 그걸 받아 물끄러미 내려다보았다. 나는 친구가 그 시집을 계속 내려다보고 있는데도 서둘러 현아 집을 뛰쳐나왔다. 괜히 친구에게 속을 보인 것 같아 너무나 어색했기 때문이었다.

눈길을 되짚어 나오며 보니 현아 집으로 이어진 발자국 위에 눈이 제법 두텁게 덮여 있었다. 발자국을 볼 때마다 웃음이 픽픽 새어 나왔다. 한순간이나마 여자 신발 발자국을 현아 것으로 생각한 게 우스워서였다.

"오빠!"

쏟아지는 눈을 피하느라 고개를 숙인 채 혼자서 실없는 웃음을 지으며 골목길을 빠져 나오는데 현아가 나타난 것이다.

"어? 현아, 어디, 갔다, 와?"

나는 뜻밖에 현아를 만나자 제대로 말을 하지 못하고 더듬거렸다. 현아는 온통 눈을 뒤집어 쓴 채 두 손을 모아 어린 아이가 엄마에게 반갑게 달려들 때처럼 손을 활짝 펼치며 들뜬 목소리로 말했다.

"오빠, 눈사람 만들래?"

현아는 벙어리장갑을 끼고 있었다. 나는 바지 호주머니에 두 손을 푹 찌른 채 멍하니 서 있었다. 꿈인지 생시인지 모를 일이었다. 마음속으론 현아랑 눈사람을 만들고 싶었다. 그러나 이내 곧 고개를 저었다. 그보다는 먼저 현아가 내 시집을 받아서 읽어 봤으면 하는 마음에서였다. 아니, 어쩌면 장갑을 끼지 않은 내 맨손을 드러내고 싶지 않았는지도 모른다. 그래서 나는 엉뚱한 말을 내뱉고 말았다.

"응, 나도, 그러고 싶은데, 바쁜 일이 있어서, 그만 가야 돼……."

아까와 마찬가지로 나는 더듬거렸다. 갑자기 내가 바보가 되어 버린 게 아닌가 싶었다. 현아랑 자연스럽게 어울려 눈사람도 만들고, 친구한테 시집을 맡겼으니 받아 읽어 보라는 말도 하면 될 텐데 끝내 하지 못하고 말았다.

현아가 뭐라고 하는지 어떤지는 살펴볼 겨를도 없이 나는 마구 눈 속을 뛰었다. 뒤통수가 근질근질했다.

눈이 멈추고 며칠이 지났다. 나는 현아가 내 시집을 받고 어떤 반응을 보였을까가 궁금해서 안달이 났다. 그러나 다른 때와 달리 현아네 집에 가 보기가 망설여졌다. 학교는 이미 겨울방학이어서 친구를 학교에서 볼 일도 없었다.

몇 번씩이나 현아네 집 골목에 들어섰다가 발길을 돌리곤 했다. 오다가다 우연히라도 현아를 만나기를 바랬지만 그런 기적은 일어나지 않았다.

현아에게서 아무런 반응을 못 들은 나는 더 이상 시를 쓸 수 없었다. 하루에도 몇 번씩 현아네 집 쪽을 바라보며 얼마나 많이 절망했는지 모른다.

방학 동안 아이들은 자기가 갈 대학을 정하고 입학 원서를 쓰기 시작했다. 나는 시를 쓰는 동안 대학 같은 건 염두에도 두지 않았는데 시고 뭐고 쓸 일이 없어져 버리자 우습게도 다시 대학을 생각했다.

그때부터 난 몹시 추운 겨울을 보내야 했다. 대학 입시가 끝나고 고등학교 졸업식까지 끝난 겨우내 찬바람을 가슴에 안은 채 거리를 쏘다니며 막 입에 대기 시작한 술을 마구 마시고 홀로 자취방에 돌아와 울며 지냈다. 그러면서도 현아를 직접 찾아갈 용기는 내지 못했다. 내 딴에는 이 세상에서 가장 감동스런 시를 써서 주었는데도 아무런 반응을 보이지 않은 현아에 대한 원망이 치솟을 대로 치솟아서 그랬는지도 모른다. 그 일을 계기로 다시는 잠언시고 연애시고 내 안에서는 시 비슷한 것조차도 나오지 않았다. 그래서 모든 걸 잊기로 했다. 시 나부랭이 같은 건 다시는 쓰지 않으리라! 시도 밉고 여자도 밉고, 나아가 세상이 다 미웠다.

나는 몸과 마음이 지칠 대로 지쳐 내 청춘을 저주했다. 사랑을 하고 있을 땐 세상을 다 얻은 것 같고, 사람들도 모두 내 편인 것만 같고, 내가 못할 일이 없을 것만 같았다. 그런데 막상 사랑을 잃고 나니 세상을 얻기는커녕 나는 이 세상에선 아무짝에도 쓸 데가 없는 놈으로 여겨졌고, 사람들도 죄다 나를 미워하는 것 같기만 하고, 나는 아무것도 못할 것만 같았다. 그렇게 끝이었다. 내 청춘은 거기서 끝나고 말았다. 나는 앞으로 패배자로 살 일만 남은 것 같았다.

그래서 시니 문학이니 하는 것하고는 멀어도 한참 먼, 사돈네 팔촌의 발뒤꿈치 정도의 인연도 없을 것 같은 학과를 택해 입학 원서를 썼다.

'내가 시방 문학 같은 것 해서 뭐 하겠냐. 밥벌이 잘 되는 학과나 가서 밥이나 굶지 않고 살면 그만이지…….'

누가 봐도 문학과는 전혀 인연이 닿지 않은 얼토당토않은 학과를 택해 대학에 진학한 나는 싸움터에서 부상당하고 돌아온 군인처럼 아무 활기 없이 대학 생활을 시작했다.

대학에 들어가서도 현아를 찾지 않았다. 친구도 일부러 찾지 않았다. 서로 다른 대학으로 가기도 했지만, 현아에게 전해 달라는 내 시집을 들고서 한참을 내려다볼 때의 모습이 떠오를 때마다 새삼 쑥스러운 느낌이 되살아났기 때문이다. 물론 시도 다시는 쓰지 않았다.

　대학 사 년을 보내고 군대까지 다녀온 뒤 들어간 직장에서 내가 맡게 된 일은 돈을 다루는 일이었다. 날마다 돈을 만지작거리는 일이 내 업무였다. 그런 어느 날, 무심코 돈 다발을 정리하다 보니 만 원짜리를 한 손에 집을 때마다 정확하게 백만 원씩 손에 집히는 걸 알았다. 돈 다발을 손에 쥐고 세기 위해 펼치면 금세 백만 원이 헤아려지긴 했지만, 무심코 돈을 집었는데도 백만 원씩 손에 집히는 건 끔찍한 일이었다. 내가 돈 세는 기계가 되어 있었던 것이다.

　갑자기 몸이 떨리고 어지럼증이 났다. 퇴근하여 집에 돌아와서도 어지럼증은 사라지지 않고 몸에 열까지 나기 시작했다. 그날 나는 만 원짜리 돈을 손에 집히는 대로 움켜쥐면 그대로 백만 원짜리 다발이 되는 꿈에 밤새 시달렸다. 그렇게 잠을 못 이루고 몸이 마구 가라앉는 바람에 연거푸 사흘이나 결근하고 말았다. 직장에 들어간 뒤 그때까지 결근은커녕 지각조차 한 번도 한 일이 없었는데 말이다. 집에서 쉬면서 가까스로 다시 몸을 추슬러 직장에 나갔지만 예전처럼 일을 할 수가 없었다. 돈 다발이 무슨 쓰레기 뭉치처럼 보이고 돈에서 악취가 나는 것만 같았다. 날이 갈수록 내 증세는 더 심해져 돈 바구니를 보기만 해도 욕지기가 나고 가슴이 울렁거렸다.

'내가 왜 이러지? 이제 돈 바구니조차 보기가 싫으니…….'

나는 내 스스로를 거부하기 시작했다.

'내가 돈 세는 기계가 되고 말았다니, 말도 안 돼! 나는 기계가 아니야! 기계가 아니라구!'

나는 직장에 휴가를 낸 뒤 곧바로 여행을 떠났다. 어디론가, 돈 냄새가 나지 않는 곳으로 달아나야 할 것만 같아서였다. 직장에 들어간 뒤 정기 휴가조차 한 번도 가지 않은 나였다. 오로지 일만 미친 듯이 했다. 그렇다고 월급을 더 주는 것도 아니었다. 그저 일을 하지 않고 쉬면 불안해서 그랬다. 그러다 보니 내 별명이 '일중독자'니 '일 벌레'니 하는 것이 되고 말았다. 남들이 뭐라고 하든 말든 나는 신경 쓰지 않았다. 무엇이 나를 그렇게 몰아쳤는지 모르지만 일을 하지 않으면 금방이라도 잘못될 것만 같아 하루 한 시도 쉴 수가 없었던 것이다.

내가 지친 몸을 이끌고 찾아 든 곳은 고향이었다. 명절 때나 겨우 찾던 고향이었다. 여우만 죽을 때 제 살던 굴 쪽으로 머리를 두는 게 아니었다. 사람인 나도 죽을 맛이 들자 가장 먼저 떠오른 게 고향이었다. 고향집에 이르자마자 가장 먼저 내 발길이 가 닿은 곳은 어려서 놀던 뒷동산이었다.

뒷동산에 오르면 멀리 바다가 보이는데, 저녁때 바다 가운데로

집을 짓고 들어가는 석양의 노을빛이 여전히 볼 만했다. 어렸을 때는 노을빛이 하도 장엄하여 해가 다 질 때까지 집에 들어갈 생각도 하지 않고 산 위에 그대로 앉아 어둠을 맞을 때가 많았다. 지는 해를 보고 있노라면 까닭 모를 슬픔이 하염없이 밀려왔다. 그 슬픔은 자꾸만 나를 어디론가 멀리 떠나도록 부추겼다. 슬픔이 없는 곳으로 멀리멀리. 그래서 읍내에 있는 초·중등학교를 마치자마자 도회로 나간 것이다.

뒷동산에 오른 나는 어렸을 때 늘 앉던 자리에 다시 앉아 바다에 원색의 물감을 풀어 놓는 석양을 바라보았다. 어린 소년의 가슴을 달아오르게 하기도 하고 서늘하게 만들기도 하던 노을과 바다가 거기 있었다. 그 동안 잊고 살던 것들이었다. 오로지 밥벌이만 최고로 알고 자신을 밥벌이 기계로만 쓰느라 애써 잊고 있던 것들이었다.

바다가 해를 다 삼키고 어둠이 사위를 둘러쌀 때까지 가만히 앉아 있었다. 고향집을 떠나고 싶어하던 때로부터 도회에서의 학창시절에 이어 직장 생활하던 일이 떠올랐다. 짭조름한 바닷바람이 지나가자 가슴속에 싸한 아픔이 밀려들어 왔다. 떠나자, 떠나자고 하더니 결국 이렇게 돌아왔구나.

그날 저녁 나는 내 어릴 때 뒹굴던 안방에서 어머니랑 밤늦도록 지난 이야기를 나누었다. 어느 순간 어머니가 가는 숨소리를 내며 잠이 들자 나는 조용히 방문을 열고 밖으로 나왔다.

"밤기운 차다, 밖에 너무 오래 있지 말거라잉."

인기척에 잠을 깬 어머니가 걱정스레 하는 말이었다.

어머니의 걱정을 뒤로 하고 마당을 나와 마을 고샅길을 한 바퀴 돌았다. 마침 음력 열사흘 밤이라 달빛이 알맞게 내리비추고 있었다. 내 딴엔 조용히 지나간다고 조심스레 걸었는데도 낯선 사람의 발걸음 소리를 용케도 알아차린 개들이 짖어 댔다. 그러나 누구 하나 내다보지는 않았다. 젊은이들은 다 도회로 떠나고 집집마다 노인들만 살고 있는 터라 귀 어둔 노인들은 개 짖는 소리를 듣지 못하는 것 같았다. 어쩌다 들었다 하더라도 개가 달 보고 괜히 짖느라 저러나 보다 하는지도 몰랐다.

고향집에서 며칠을 보내며 내 살아온 지난날들을 더듬다 보니 자연스레 공책에다 뭔가를 끼적이게 되었다. 나도 모르게 글을 쓰기 시작한 것이다. 대단한 내용을 담은 글은 아니었으나 글을 쓰다 보니 내 마음이 가라앉고 위안이 되었다. 고등학교 때 생각이 났다. 인생을 모르는 사람들의 영혼을 쓰다듬어 줄 시를 쓰자며, 단 한 사람의 영혼이라도 쓰다듬어 줄 수 있는 시를 쓰자며 호기를 부리던 일이 떠오른 것이다. 이어 현아로부터 마른 가슴을 촉촉하게 적셔 줄 수 있는 시를 쓰라는 주문을 받던 것도 떠올랐다. 어쩌면 나는 그 누구도 아닌 내 영혼을 쓰다듬는 글과 내 마른 가슴을 촉촉하게 적셔 주기 위해 글을 끼적이고 있는지도 몰랐다. 비록 시는 아니지만 다른 누구도 아닌 나 스스로를 위한 글을…….

나는 더욱 글에 매달렸다. 때로는 내가 고등학교 때의 선생님이 되어 보기도 하고, 직장의 상사가 되어 보기도 했다. 글이란 게 묘해서 화자가 누가 되었든 결국 쓰는 사람 얘기였다. 나는 그렇게 다시 글을 쓰는 사람이 되었다. 고등학교 때는 공부 기계가 되기를 거부하다 보니 시를 쓰게 되었고, 세월이 한참 흐른 뒤엔 돈 세는 기계가 되기를 거부하다 보니 글을 쓰게 되었다.

휴가가 끝난 뒤에도 나는 직장에 다시 나갈 생각조차 하지 않고 글에만 매달렸다. 처음에는 넋두리도 있고 푸념도 있었지만 차츰 내 글의 방향과 형식이 잡혀 갔다. 인생이니 우주니 하는 거창한 것도 아니었고, 뜻도 모를 추상적인 것도 아니었다. 그저 나 자신이 살아온 얘기이자 내 이웃들의 얘기였다. 결국 글을 쓰다 보니 세상을 건지느니 인생을 풍요롭게 하느니 하는 것보다는 뭐니 뭐니 해도 내 스스로를 위해 글을 쓴다는 생각이 들었다. 남의 얘기를 쓰는 것 같은데도 끝내 그 글을 통해 위로를 받는 이는 나 자신이었으니까.

그렇게 날마다 썼다. 한때는 시에 목숨을 건 적도 있지만 새로 쓰는 글은 시는 아니었다. 소설 쪽에 더 가까운 글이었다. 예전과 달리 내 글은 빳빳하지도 않고 젊음이니 사랑이니 하는, 풋풋하고 끈적끈적한 감정이 묻어 나지도 않았다. 이미 젊음의 감정이 다 물러가 버린 뒤였기 때문이다. 어쩌면 그러한 감정은 고등학교 이후 애써 묻어 두고 살았기 때문인지도 모른다.

사실 고등학교 졸업 이후 나는 현아가 어떻게 살았는지 아무것도 모른다. 친구 녀석과의 끈을 굳이 잇지 않은 데다 내가 애써 찾지 않았기 때문이다. 대학 들어가서도 찾지 않았지만 직장 생활 하면서도 찾지 않았다. 어쩌면 묘한 배신감이 무의식 속에 단단히 박혀 있어서 그랬는지도 몰랐다. 물론 엄밀히 따지자면 현아를 탓할 일은 아니었다. 어찌 보면 나의 일방적인 짝사랑이었기 때문이다. 그런데도 난 모든 잘못을 현아 탓으로 돌린 것이다. 그러기에 내 의식 속의 현아는 여고생의 소녀 적 모습에서 성장을 멈추어 있게 되었다.

소설 쓰는 걸 업으로 삼은 뒤에도 옛날 생각은 더욱 하지 않았다. 다시 글을 쓰게 되면서 나는 지난 세월 속의 나를 인정할 수가 없었다. 그저 새로 태어나야 하는 나에게만 관심을 두었다. 그러한 때에 뜬금 없이 현아가 나타난 것이다! 그것도 이 세상에 단 한 권뿐인 수제품 시집을 들고서…….

기억의 저편을 한참 헤매고 있는데 현아가 나를 잡아끌었다.

"앉아서 차 한 잔 해요."

그때에야 비로소 청소를 마친 찻집 주인이 건성으로 신문을 뒤적이면서 계속 우리를 힐끔힐끔 바라보는 걸 느꼈다. 자리에 앉아서도 우리 둘은 한참 동안 침묵을 지켰다. 내 앞에는 다시 여고생 소녀 현아가 앉아 있었다. 눈앞의 현아가 사십 줄에 가까운 여인이라고 인정할 수가 없었다.

나는 침묵을 견디기 힘들어 공책을 뒤적거렸다. 편마다 여고생 소녀 현아가 그려져 있는데 쑥스러울 정도로 나의 감정이 날것 그대로 한껏 드러나 있었다. 한참 뒤, 고개를 숙이고 있던 현아가 얼굴을 들었다. 눈가가 젖어 있었다. 젖은 채로 현아가 애써 미소를 지으며 말했다.

"그 동안 나 미워했지요?"

나는 아무런 말도 떠오르지 않았다. 내가 현아를 미워했을까? 그러나 지난 세월 동안 애써 잊으려고 한 게 꼭 미움 탓만은 아니라는 생각이 들기도 했다. 그런 내 생각과는 상관없이 현아가 단정적으로 말했다.

"많이 미웠을 거예요······."

역시 나는 할 말이 없었다. 계속 공책을 뒤적거렸다. 시는 이제 눈에 들어오지 않고 시집을 가지고 현아네 집에 갔다 돌아올 때 만났던, 눈을 뒤집어쓰고 귀가하던 현아 모습만이 공책의 장마다 어른거렸다.

현아가 더듬거렸다.

"음, 남편이, 죽었어요."

"어!"

나는 외마디 소리 말고는 달리 할 말이 없었다. 현아 남편이 누군지도 모르는데 뭐라고 하겠는가.

현아가 다시 더듬거렸다.

"남편의 유품을 정리하다 보니……."

나는 아직도 할 말을 찾지 못했다.

"남편이 죽고 나서야 이 시집이 나한테 전해진 거예요."

"뭐라구?"

남편이 죽고 나서라니? 그렇다면 그 친구 녀석이 현아 남편? 아, 그 녀석도 현아를 좋아했구나. 순간적으로 그때 상황이 재빠르게 재구성되었다. 내 수제품 시집이 현아에게 전달 안 된 것은 어쩌면 아주 당연한 일이었다. 그런데 그 친구는 시집을 왜 내게 다시 돌려주지도 않고 없애 버리지도 않았을까?

"미안해요. 이 세상에 단 한 권뿐인 시집을 이제야 돌려 드리게 되어서. 그때 받았으면 바로 돌려 드렸을 텐데……. 시집 속에 말들이 스무 해 동안이나 갇혀 있느라 무척 힘들었을 거예요. 그래서 이렇게 돌려 드리려고……. 오빠가 글 쓰는 작가가 된 건 알고 있었어요. 우연히 신문에서 오빠 이야기를 읽었거든요. 그래서 늦게라도 시집을 꼭 돌려 드리려고…….”

현아 입에서 '오빠'라는 소리가 자연스레 두 번씩이나 나왔다. 그 말을 듣자 마른침이 목을 넘어갔다.

아, 그런데, 나는 무엇이, 아니 누가 이십 년 동안 갇혀 있었던 것인지 알 수 없었다. 나는 공책을 다시 현아 쪽으로 슬며시 내밀었다. 그런 다음 자리에서 일어났다. 그리고 직장을 그만둔 뒤엔 처음으로 이는 어지럼증을 가까스로 참으며 말했다.

"이건 현아 아니면 누구에게도 소용없는 시야. 여기 들어 있는 시는 현아한테만 어울리게 씌어진 것이거든. 현아 남편이 된 그 친구도 그걸 알았기 때문에 나한테 다시 되돌려 주지도 못하고 없애 버리지도 못한 거야. 그러니 시를 쓴 나도 주인이 아니야. 그럼 이만…….”

밖에는 여전히 눈이 퍼붓고 있었다. 눈길 위에 발자국을 찍으며 발걸음을 뗄 때마다 '오빠'라는 소리가 밟히는 것만 같았다.

‖‖ 박상률 ‖‖

사람은 무엇으로 사는가?

사람마다 제가끔 다양한 대답을 하겠지만 내 보기에 대부분의 사람은 어려선 꿈으로 살고 자라선 추억으로 산다. 그래서 인생의 부자는 재물이 많은 사람이 아니고 추억이 많은 사람이라는 말도 있다. 물론 추억도 추억 나름일 것이다. 떠올리고 싶지 않은 추억도 많을 테니까.

어느 경우 꿈이 현실 속에서 이루어지지 않아 꿈으로만 끝나 버리기도 한다. 그러나, 그러하다고 해서 꿈꾸는 일을 지레 포기할 까닭은 없다. 꿈꾸었다는 그 사실만이 추억으로 남더라도 삶은 꿈꾼 그만큼 더 풍요로워질 테니까.

지난 20여 년 동안 글 쓰는 일을 업으로 하고 있는 나는 기찻길 같은 곧은 직선의 길을 달려온 게 아니다. 힘찬 기차는 되레 갈 수 없는 꼬불꼬불한 길을 빙 돌아서 글 쓰는 사람이 되었으며, 이후의 행로도 그렇다. 때로는 낯선 길을 겁 없이 나섰다가 구덩이에 빠지기도 하고 아예 길을 잃기도 했다. 그러나 내가 비틀거리면서도 주저앉지 않고 걸어온 그 길이 결국은 나의 삶 그 자체가 되었다.

독자들 모두 저마다의 길을 스스로 닦으며 살았으면 좋겠다. 그런 바람에 여기 내 젊은 날의 추억을 살짝 내비친다.

나는 지금 부자인가?

학습된 절망
임 태 희

1978년 서울에서 태어나 연세대학교에서 아동학을 전공했다. 출판사에서 어린이책 편집자로 일한 것을 계기로 동화와 인연을 맺었다. 지은 책으로 동화 〈내 꿈은 토끼〉 〈환생전〉, 청소년 소설 〈옷이 나를 입은 어느 날〉, 〈나는 누구의 아바타일까〉 〈쥐를 잡자〉 등이 있다.

"어이, 뻐꾸! 넌 어째 잘하는 게 하나도 없냐?"

우리 반 왕싸가지가 수돗가에 기대서서 내게 핀잔을 주었다. 방금 끝난 옆 반과의 축구 시합에서 옆 반이 이기는 데 내가 한몫 거들었기 때문이었다. 반 애들한테 개발이라는 소리 안 들으려고 너무 재다가 상대편에 공을 빼앗긴 게 두 번인데 두 번 다 골로 연결되었으니 말 다 했다. 나는 배시시 웃으며 수도꼭지에 입을 가져갔다. 왕싸가지의 수하인 어깨와 애꾸가 배구공 다루듯 나를 이리저리 밀쳤다. 덕분에 귀와 코로 물이 들어가고 교복 칼라가 젖었다. 난 뒤로 슬그머니 물러설 수밖에 없었다. 내가 물러난 자리에 어깨와 애꾸 두 녀석이 달려들어 서로 먼저 물을 마시겠다고 티격

태격했다. 나는 운동장 바닥에 코를 풀고 귀에서 물을 빼내며 내 차례를 기다렸다.

오늘 축구 시합에서 난 내내 걸어 다녔다. 누가 뒤에서 좀 뛰라고 욕을 하면 그제야 꾸물꾸물 뛰는 시늉을 할 뿐이었다. 내가 암만 뛰어 봤자 도움이 안 될 게 뻔했다. 아까 내게 공이 왔을 때에도 내가 뭔가 해 보려고 하지만 않았다면 공을 상대편에 빼앗길 일도 없었을 테고 내가 잘하는 게 정말 단 하나도 없다는 사실에 못 하나 더 박을 일도 없었을 것이다.

맞다. 나는 잘하는 게 하나도 없다. 생전 '잘한다'는 소릴 들어 본 기억이 없다. 그래서인지 별명도 삐꾸다. 병신 같다는 뜻이다. 별명에 불만은 없다. 싸가지 없는 놈은 '왕싸가지', 덩치가 커다란 놈은 '어깨', 앞머리를 길러 한쪽 눈을 가리고 다니는 놈은 '애꾸'라고 별명이 붙은 것을 보면 내 별명도 분명 내게 딱 어울리는 별명일 것이다.

"병신 새끼. 거기서 반성 좀 하다가 집에 가라."

생각에 잠겨 멍청하게 서 있는 나를 두고 아이들은 낄낄거리며 교문 밖으로 사라졌다.

난 수돗물을 세게 틀어 놓고 그 아래 머리를 들이밀었다.

저녁을 다 먹고 우유를 컵에 따르다가 식탁 위에 엎질렀다. 조심한다고 했는데도 또.

 도통 먹으려 들지를 않는 조카와 씨름을 하던 누나가 한숨을 쉬며 말했다.

 "내 동생 맞구나."

 누나가 내 손에서 행주를 빼앗으며 차갑게 말했다.

 "됐어. 그러다 또 사고 치지."

 "맞아. 농땡이 삼촌은 아무것도 안 하는 게 도와주는 거야."

 나는 다섯 살짜리 조카와 누나의 얼굴을 번갈아 바라보았다. 조카는 혀를 쑥 내밀고는 누나의 눈치를 보며 손가락으로 밥에서 콩을 빼냈다. 누나는 조카의 말을 못 들은 척 등을 돌리고 서서 행주를 빨았다. 안 봐도 뻔했다. 조카가 이상한 말을 하면 그건 영락없이 매형에게서 배운 말이었다. 그러니까 매형이 나를 두고 '농땡이'라고 부른 게 틀림없었다. 별로 화가 나지는 않았다. 영 틀린 소리는 아니었으니까.

 밤늦게 매형이 들어오는 소리를 듣고 나는 잽싸게 방문을 열고 나가 꾸벅 인사했다. 하지만 괜히 그랬다 싶었다. 매형은 내 얼굴을 봐서 기분을 딱 잡쳤다는 투로 말했다.

 "왜 안 하던 짓은 하고 그래?"

 나는 머쓱해져서 조용히 방문을 닫고 침대에 누웠다. 귀에 이어폰을 꽂고 라디오 주파수를 이리저리 돌리고 있는데 매형이 방문을 빠끔 열고 조용히 말했다.

"잠깐 나와 봐. 얘기 좀 하자."

누나는 조카를 재우다가 잠이 든 모양이었다. 나는 소음이 나지 않게 현관문을 닫고 매형의 뒤를 따랐다. 매형은 집 앞 벤치에 털썩 앉았다. 시계를 보니 열두 시가 조금 넘은 시간이었다. 운동복 차림을 한 이웃집 부부가 숨을 몰아쉬며 우리 앞을 지나갔다. 매형은 억지로 웃으며 그들에게 눈인사를 하고는 곧 다시 무표정한 얼굴이 되었다. 나는 쭈뼛쭈뼛 매형 옆으로 가서 앉았다. 내가 너무 가까이 붙어 앉아서 불편했는지 매형은 엉덩이를 밀어 살짝 옆으로 옮겨 앉았다.

매형이 담배에 불을 붙이고 연기를 깊게 들이마셨다가 내뿜었다. 매형이 내게 담뱃갑을 내밀었다. 나는 고개를 가로저었다. 담배 피우는 게 멋져 보인다고 생각하긴 했지만 담배 맛이 별로 당기지 않았다. 한 모금 빨아 본 적이 있는데 쓰레기 맛이었다.

매형은 말없이 담배 한 대를 다 피우고는 새로 담배에 불을 붙이며 대뜸 물었다.

"너 꿈이 뭐냐?"

담배를 물고 있어서 그런지 매형의 발음은 성의 없게 느껴졌다. 그래도 못 알아들을 정도는 아니었다.

나는 간만에 머리를 굴렸다. 매형의 분위기를 봐서는 지금이라도 빨리 꿈을 정해야 할 것 같았다. 더는 매형을 피곤하게 만들고 싶지 않았다. 하지만 딱히 떠오르는 것이 없었다. 머릿속에 먹구름이 빽빽이 낀 듯했다. 어렸을 땐 소방관이 되는 게 꿈이었지만 요즘은 그런 걸 생각해 본 적이 없었다.

내가 우물쭈물하자 매형이 그럴 줄 알았다는 듯이 빈정거렸다.

"한심한 놈. 대한민국에 너처럼 속 편한 고삼은 또 없을 거다."

나는 기어들어 가는 목소리로 말했다.

"죄송합니다."

매형이 피식 웃었다.

"뭐가 죄송하냐?"

난 매형의 얼굴을 보고 헤벌쭉 웃었다. 매형의 화가 풀린 줄 알았는데 아니었나 보다. 매형이 갑자기 냉담하게 말했다.

"나한테 죄송할 것 없어. 네 인생 네가 사는 거니까."

매형이 담배 연기를 길게 내뿜고는 이마에 주름을 잔뜩 만들며 말했다.

"벌써 수시에 합격한 애들 있지?"

"네."

"그 애들 보고 뭐 느끼는 거 없냐?"

이런 추궁은 시험을 볼 때마다 당해서 익숙했다. 나는 내가 대답할 수 있는 질문이 나온 게 반가워서 얼른 대답했다.

"공부를 더 열심히 해야겠다고 생각했어요."

공부와 관련된 거짓 다짐은 하도 많이 해서 이제는 별로 찔리지도 않았다. 다른 아이들은 수시에 합격한 아이들 소식을 듣고 부러워하는 반면 예민하게 굴며 조바심을 내기도 했지만 나에겐 딴 세상 얘기였다. 난 공부를 안 했다. 일찌감치 접었다. 어차피 난 대학에 갈 수 없는 인종이었다. 난 머리가 나쁘다. 내가 잊을 만하면 사람들이 그걸 일깨워 줬다. 노력해서 되는 일이 있고 안 되는 일이 있는데, 머리가 나쁜 사람은 암만 노력을 해도 되는 일이 거의 없다. 열심히 해도 안 될 것을 미리 아는 건 매우 비참한 일이다. 그 비참함은 내 입장이 안 되어 본 사람은 죽어도 모른다. 육 년이나 같이 산 매형도 모르기는 마찬가지다.

매형이 내 허벅지를 가볍게 치며 말했다.

"인마, 공부 잘하는 건 바라지도 않는다. 그저 아무거나 네가 할 수 있는 게 뭐가 있을지 찾아봐. 많이도 말고 딱 하나만. 설마 단 하나도 없겠냐?"

정말 난감했다. 어쩌란 말인가. 정말 '하나도' 없는데……. 아직도 날 그렇게 모른단 말인가.

매형이 엄포를 놓듯 말했다.

"그런 표정 하지 말고 꼭 찾아봐. 나, 너 졸업하고 노는 꼴은 못 본다. 솔직히 장모님 돌아가시고 육 년이나 널 데리고 있었으면

네 누나나 나도 할 만큼은 한 거 아니냐? 너도 이제 슬슬 네 몫을 해야지."

매형은 조금 생각하는가 싶더니 이렇게 덧붙였다.

"내 말 너무 섭섭하게 생각 마."

"섭섭하긴요."

"알아들을 줄 알았어."

매형이 가뿐하게 말하며 담배를 눌러 껐다. 그러고는 내 어깨를 툭 치며 일어섰다.

"들어가자."

매형이 슬리퍼를 질질 끌며 앞서 걸어갔다. 난 느릿느릿 일어나 뒤를 따랐다. 매형의 발뒤꿈치에 굳은살이 갈라져 허옇게 일어난 것이 보였다. 가슴이 싸했다.

매형은 정수기 외판원이었다. 학교에 매형이 다니는 회사 직원이 몇 번씩 와서 교무실에 팸플릿을 돌리다가 쫓겨난 일이 있었다. 그럴 때마다 꼭 매형이 쫓겨나는 것 같아서 기분이 씁쓸했다. 아마 매형은 그런 일을 하루에도 여러 차례 겪을 것이다. 얼마나 고단할지 짐작할 수 있었다. 그런데도 육 년씩이나 보람도 없는 날 데리고 있어 준 게 고마울 따름이었다.

"그럼 믿는다."

매형이 다짐을 받듯 나직하게 말하고는 안방으로 들어갔다. 기분이 묵직하게 가라앉았다. 머리가 암만 나빠도 은혜를 입으면 보답해야 한다는 것쯤은 알고 있었다. 나는 발소리를 죽여 가며 주방으로 가서 냉동실 문을 열고 찬 공기를 깊이 들이마셨다. 좀 살 것 같다!

투명한 얼음이 알알이 박힌 얼음 틀이 보였다. 얼음을 조심해서 한 알만 빼먹는다는 게 잘못되었다. 일이 잘못될 때 늘 그랬듯, 잘못되기 직전에 잘못될 것을 상상하고 누나에게 들을 말을 미리 떠올린 것이 실수였다. 잘못되는 상상은 늘 현실에서 이루어졌다. 나는 틀을 놓칠 것을 상상했고 그대로 이루어졌다. 아니, 처음부터 내 손은 알고 있었다. 얼음을 죄다 바닥에 흘리고 말 거라는 것을. 내가 하는 일은 모두 그런 식이다.

"이런!"

나는 쪼그리고 앉아서 어두운 바닥을 더듬거리며 얼음을 주웠다. 얼음이 자꾸만 미끄러져서 줍는 것보다 냉장고 밑으로 밀려 들어가는 것이 더 많았다. 나는 왜 이런 것 하나 제대로 못하는지. 나 자신이 한심해서 미칠 것만 같았다.

안방에서 피로가 두둑이 묻은 누나의 목소리가 들렸다.

"그냥 둬. 내일 내가 치우게."

나는 비참함을 삼키며 침대 속으로 파고들었다. 팔을 베고 모로 누웠는데 심장이 무겁고 느리게 뛰는 소리가 커다랗게 들렸다. 한참을 뒤척거렸다.

 자다가 눈이 저절로 떠졌다. 시계를 보니 새벽 여섯 시였다. 너무 일찍 일어났다. 좀 더 눈을 붙이려고 했지만 헛일이었다. 잠이 깨끗이 달아나 버렸다. 문득 어제 매형이 했던 말이 떠올랐다. 덜컥 겁이 났다. 당장 뭔가 하는 모습을 보여 주기라도 해야 할 텐데. 내게 시간이 제법 남아 있다는 사실이 오히려 불안하고 두려웠다.

 천장만 멀뚱멀뚱 바라보고 있는데 갑자기 심한 허기가 엄습했다. 반가웠다. 먹고 나서 생각하자.

 부엌에 나가 보니 어제 먹던 국은 한 국자도 채 안 남아 있었고 밥솥은 텅 비어 있었다. 냉장고에도 먹을 만한 게 없었다.

 '한번 해 볼까?'

 나는 소음을 내지 않기 위해 조심하면서 찬장을 뒤졌다. 국수와 요리책을 건질 수 있었다. 요리책을 뒤적여 보니 국수 요리 중에 요리법이 가장 만만해 보이는 것은 잔치국수였다. 왜 하필 '잔치' 국수지? 이름이 불안했다. '잔치'라는 말은 낯설었다. 지나치게 희망적이고 들뜨게 하는 말이다. 한 마디로, 나와는 어울리지 않는 단어다.

 그래도 '잘'만 하면…….

가슴이 두근거렸다. 가족들을 기쁘게 해 주고 싶었다.

잘못되는 상상은 하지 않는 거야. 절대로!

마침 냉장고에 반 동강짜리 호박과 멸치 봉지가 있었다. 나이스! 어쩐지 예감이 좋아.

잘해 보려고 어깨에 힘을 주면, 상상을 하지 않으려고 애를 쓰면 난 꼭 일을 더 크게 망친다. 하지만 그보다 더 큰 불행은 내가 그 법칙을 번번이 깜박한다는 것이다.

채로 끓는 물에서 국수를 건지려다가 손가락을 데였다. 그것이 시작이었다. 국수 건지는 것은 까맣게 잊고 찬물에 손가락을 담갔다. 멍청히 서서 열기가 빠지길 기다리고 있는데 불 위에 얹어둔 프라이팬에서 연기가 모락모락 나는 것이 보였다. 그제야 정신이 퍼뜩 들었다. 나는 급하게 호박을 썰었다. 마음만 앞서고 제대로 되는 일은 하나도 없었다. 데인 곳을 살짝 베이기까지 했다. 엄청나게 쓰라렸지만 입으로 한 번 빨고는 계속 칼질을 했다. 모양이 아주 웃기게 썰어졌다. 호박 채 썬 것을 프라이팬에 쏟아 붓자 '치이익' 요란한 소리가 나며 흰 연기가 모락모락 피어올랐다. 탄내도 지독하게 났다. 어떻게 해야 할지 몰라 허둥대고 있는데 이번엔 다른 게 말썽이었다. 멸치로 국물을 우려내고 있던 냄비의 뚜껑이 들썩거리더니 거품이 넘쳤다. 가스불이 주황색으로 변했다.

"이게 무슨 냄새야?"

누나가 비명을 지르며 안방에서 달려 나와 가스불을 껐다. 그리고 창문이란 창문은 모조리 열었다. 거뭇거뭇하게 탄 호박 고명은 음식물 쓰레기통으로 직행했다.

매형이 잠옷 바람으로 조카를 안고 부스스 걸어 나왔다. 놀라서 잠이 깬 조카가 칭얼거렸다. 매형이 조카의 등을 토닥거리며 내가 저지른 실수들을 눈으로 확인하고는 지친 얼굴로 화장실에 들어갔다.

누나가 내 등짝을 '짝' 소리가 나도록 때리며 소리쳤다.

"왜 시키지도 않은 짓은 하고 그래?"

내가 조그맣게 입 안으로 웅얼거리자 누나가 날카롭게 쏘아붙였다.

"뭐? 너 방금 뭐라고 그랬어?"

나는 들고 있던 숟가락을 누나에게 내밀며 조그맣게 말했다.

"국물 간 좀 봐 달라고."

누나는 기가 막혔는지 내가 내민 숟가락을 한참 바라보았다. 그러다 숟가락을 받아 들고 멸치로 우려낸 국물을 한 술 떠먹어 보았다.

"비려."

누나는 딱 잘라 말했다. 내가 국물을 싱크대에 쏟아 버리려 하자 누나가 말렸다.

"놔둬. 사고 수습하고 다시 차리려면 너무 늦어. 이걸로 대충 때우는 수밖에."

누나는 말없이 국수를 건져서 멸치 국물에 말았다. 내가 김을 꺼내 와 국수 위에 얹으려고 하자 누나가 신경질적으로 말했다.

"조심 좀 해. 김 부스러기가 다 떨어졌잖니."

누나가 새된 소리로 매형과 조카를 다그쳤다.

"빨리들 나와서 먹어. 이러다 지각하겠어."

국수 한 가닥을 입 안에 넣고 오물거리던 조카가 말했다.

"맛없어."

내가 생각해도 형편없었다. 국수는 너무 삶아서 그런지 팅팅 불었고 국물은 누나가 지적한 대로 비릿했다. 결국 잘못됐다.

나는 식구들의 눈치를 살피며 개미만한 목소리로 말했다.

"죄송해요."

누나가 어깨를 으쓱했다.

"네가 하는 일이 그렇지 뭐."

나는 실패한 것에 책임을 지려고 남은 국수사리를 다 내 그릇에 담으려고 했다. 그런데 매형이 젓가락으로 내 젓가락을 막으며 반을 덜어 갔다.

매형이 국수를 억지로 삼키고 말했다.

"처음부터 잘하는 사람도 있나?"

누나가 샐쭉한 표정으로 매형을 노려보았다. 나는 그릇에 코를 박고 꾸역꾸역 국수를 입으로 밀어넣었다. 날 감싸 주는 매형이 고마운 한편, 부담스러웠다. 오늘 같은 실패를 얼마나 더 해야 하는 걸까? 난 어차피 안 될 텐데. 실패하지 않는 내 모습을 상상하기가 어려웠다. 대신에 실망한 매형의 얼굴을 상상하는 것은 너무나도 쉬웠다. 상상하면 안 되는데…….

나, 매형, 누나 순으로 국수를 해치웠다. 누나가 조카에게 억지로 먹이려고 하자 조카가 토하는 시늉을 했다. 결국 조카가 남긴 것을 내가 다 먹어 치웠다. 정말 토하고 싶은 사람은 나였다.

누나가 극구 말려서 설거지는 하지 못했다. 비싼 사기그릇을 내가 몽땅 깨 먹는 상상을 한 것이 틀림없었다. 하긴, 그러지 말란 법도 없었다. 나를 믿지 않는 편이 현명했다.

학교로 가는 길에 가슴이 아릿해지며 여러 가지 생각이 들었다. 나는 도리질을 하며 다짐했다. 괜한 상상은 하지 말자. 잘하자.

교문을 들어서는데 누군가 내 어깨를 툭 치며 말했다.

"뻐꾸! 오늘도 부탁한다."

어제 축구를 같이 했던 옆 반 놈이었다. 어떻게 내 별명이 뻐꾸인 걸 안 거지? 혹시 우리 학교 애들 다 알고 있는 거 아닐까? 제길.

첫 시간은 영어였다.

영어 선생이 출석부를 보며 말했다.

"오늘은 8일이니까 8번이 에리카, 18번이 미스터 존슨을 맡아서 읽어라."

18번? 맙소사! 내가 걸린 거야? 그것도 8번이랑 같이?

8번은 버터 공주였다. 초등학생 때 미국에서 3년 정도 살다 와서 발음이 그야말로 죽여 주는 애였다. 얼마 전 외대 수시에 합격하기도 했다.

버터 공주가 쏼라쏼라 물 흐르듯 에리카의 대사를 읽었다. 기가 팍 죽었다. 다음은 미스터 뻐꾸 존슨의 차례.

난 킬킬대는 아이들의 웃음소리를 배경 삼아 더듬더듬 대사를 읽어 내려갔다. 넉 줄 읽는 데 한참이 걸렸다. 아아, 난 어쩜 이리도 발음이 후졌을까? 내 혀는 분명 저주 받은 혀다.

간신히 내 부분을 끝내고 고개를 들었을 땐 영어 선생의 눈에 안타까움이 묻어 있었다.

내가 자리에 앉자 내 뒷자리에 앉은 녀석이 내 등을 쿡 찔렀다. 나대기 좋아하는 '설레바리우스'였다.

"뻐꾸! 용기 내라. 혹시 또 알아? 러시아어는 잘할지. 큭큭."

'러시아어'란 말에 귀가 솔깃했다.

'그래! 러시아어. 러시아어는 잘할지도 모르잖아. 배워 본 적이 없어서 그렇지.'

실실 웃음이 나왔다. 내 생각이 하도 어이가 없어서 웃는 거였다. 러시아어라니. 내가 그런 걸 할 수 있을 리가 없잖아.

혹시 수학을 잘할지도 모른다는 기대를 잠깐 동안이나마 품었던 건 실수였다. 수학 시간에 교과서를 들여다보았는데 러시아어로 쓰인 책을 본다고 해도 이것보다는 쉬울 것 같았다. 화가 났다.

'역시 공부는 아니야. 공부를 하려거든 진작 했어야지. 너무 늦었어.'

나는 언제나처럼 책상 위에 엎드려 버렸다. 나머지 수업 시간은 그렇게 의미 없이 흘려 보냈다.

수업이 모두 끝나고 축구 멤버가 운동장에 모였다. 수시 발표가 나기 전엔 대학을 포기한 놈들만 축구를 해서 늘 인원이 모자랐었다. 난 대학을 포기하긴 했지만 운동도 젬병이어서 웬만하면 빠지려고 했다. 그러나 내 의지와는 상관없이 머릿수를 채우기 위해 축구 시합에 끌려가곤 했었다. 그런데 오늘은 수시에 합격한 애들도 끼겠다고 해서 인원이 넉넉했다. 난 처음으로 내 발로 걸어가서 축구를 하겠다고 말했다. 매형이 찾으라던 내 몫이 축구였으면 참 좋겠다는 막연한 생각에서였다. 아이들은 달갑지 않은 표정이었다.

늘 껌을 씹고 다니는 껌맨이 말했다.

"삐꾸 새끼, 너 또 상대편에 공 빼돌리면서 스파이질하려고 그러지?"

왕싸가지가 수하들과 시시덕거리며 껄렁껄렁 다가와서는 목소리를 쫙 깔고 중재했다.

"됐어. 그 동안 같은 팀으로 뛴 정이 있는데 껴 주자."

아이들은 왕싸가지 말이라면 찍 소리도 못 했다. 왕싸가지는 입학할 때부터 3학년 짱을 제치고 학교에서 싸움 짱을 먹었기 때문이었다.

어깨가 물주전자를 내 손에 들려 주었다. 애꾸는 수건으로 내 머리를 푹 뒤집어씌웠다.

왕싸가지가 손가락으로 내 가슴을 꾹 누르며 말했다.

"대신 넌 후보 선수야."

난 등나무 벤치에 앉아서 시합을 구경했다. 오늘 시합은 상당히 거칠었다. 반 대항 시합이었지만 같은 편인 우리 반 아이들끼리 패스를 할 때에도 몸싸움을 하는 등 미묘한 긴장이 감돌았다. 대학을 포기한 파와 수시에 합격한 파가 신경전을 벌이는 것 같았다. 그래서인지 오늘따라 다치는 아이들이 많았다. 불행인지 행운인지 그 덕분에 내게도 뛸 기회가 돌아왔다.

나는 수비를 맡았다. 마침 우리 편이 상대편 골대 앞에서 공격을 하고 있어서 나는 할 일이 없었다. 엉거주춤 서서 강 건너 불구경을 하듯 공격 진영을 바라보았다. 왕싸가지가 공을 잡았는데 수비 둘에 막혀 있었다. 골을 넣기엔 녀석보다 샌님의 위치가 더 좋았다. 나는 샌님에게 패스하라고 소리치고 싶었지만 그러지 못했다. 내가 잘못 보았을 수도 있으니까. 또, 나라면 몰라도, 왕싸가지라면 수비 둘쯤이야 가뿐하게 제칠 수도 있을 거다. 역시나 왕싸가지는 힘으로 수비 둘을 제압하며 시원시원하게 드리블을 해 나갔다. 그러나 일은 또 잘못되고 말았다.

왕싸가지가 슛을 하려던 찰나였다. 갑자기 뒤에서 달려든 상대편 에이스가 공을 빼앗았다. 그 애는 공을 잡자마자 무섭게 내 쪽으로 돌진해 왔다. 왕싸가지가 뒤따라 달려오며 내게 고함쳤다.

"막아, 새끼야!"

순간 당황해서 숨이 멎었다. 상대편 에이스가 팔꿈치로 내 턱을 치고 지나갔다. 나는 뒤로 벌러덩 넘어졌다. 내가 주섬주섬 일어섰을 땐 상대편 아이들이 한데 뭉쳐서 껑충껑충 뛰는 것이 보였다. 또 나 때문에 골을 먹었다. 그대로 증발해 버리고 싶은 마음이 간절했다. 역시 축구도 아니었다.

왕싸가지가 씩씩거리며 달려와서 나를 윽박질렀다.

"너 진짜 삐꾸냐? 축구하겠다고 설칠 땐 언제고 왜 안 뛰어?"

"그러는 넌 왜 아까 패스 안 했어?"

말을 뱉어 놓고 아차 싶었다. 그러잖아도 왕싸가지는 골을 못 넣어서 심기가 불편할 텐데…….

퍽!

배에 불이 났다. 나는 배를 감싸 쥐고 운동장 바닥에 고꾸라졌다.
역시 올 것이 오고야 말았다. 이번 학기는 얻어 터지지 않고 조용히 넘어가나 했는데.
퍽! 퍽!
등과 다리를 걷어차였다. 평소 같았으면 눈을 질끈 감고 빨리 끝나기만을 기다렸을 것이다. 그러나 그때 내 머릿속에선 엉뚱한 호기심이 일었다. 나는 기회를 노렸다.
왕싸가지가 내 등을 밟고 짓이겼다. 이때다! 난 왕싸가지의 발목을 잡아챘다. 그리고 힘껏 밀었다. 왕싸가지는 내가 저항할 것을 전혀 예상하지 못했기 때문에 뒤로 나자빠지고 말았다.
나는 머뭇거렸다.
'혹시 내가 싸움을 잘하는 건 아닐까? 애를 다치게 하면 어떡하지?'
나의 반격은 불난 집에 기름을 들이부은 꼴이 되고 말았다. 왕싸가지는 미친 소처럼 날뛰었다.
왕싸가지가 내 멱살을 잡고 박치기를 했을 때 난 깨달았다. 내가 이 녀석을 다치게 할 걱정은 안 해도 되겠다고. 그리고 내 몫을 찾는 일에 목숨이 왔다 갔다 할 수도 있겠다고. 그만두고 싶었지만 왕싸가지의 흥분이 가라앉기 전에는 그만둘 수가 없었다. 죽도록 얻어 터졌다.

얼마 못 가서 코와 입에서 뜨거운 것이 쏟아졌다. 누군가 소리쳤다.

"피! 피!"

아이들은 슬슬 겁이 났는지 왕싸가지를 말리기 시작했다.

"그만 해. 그러다 진짜 삐꾸 되겠어!"

"소용없어. 저 새끼 지금 완전 빡 돌았어."

"아 씨, 선생들은 다 어디 간 거야?"

"미쳤냐, 선생을 부르게? 이거 걸리면 단체 기합감이야."

맞으면서, 주변에서 아이들이 하나 둘 사라지는 것을 느낄 수 있었다. 너무 맞아서 제정신이 아니었던 걸까. 끝까지 남아 날 패고 있는 왕싸가지가 차라리 고마웠다.

왕싸가지는 나를 밟고 또 밟았다. 나는 운동장 바닥에 납작 엎드려 아무런 저항도 하지 않았다. 밟힌 곳이 화끈거렸다. 이대로 활활 타 버렸으면.

마침내 왕싸가지가 멈추었다. 녀석은 지쳤는지 숨을 몰아쉬었다. 왕싸가지가 수하들에게 뭐라고 말하는 것 같았지만 머리가 울려서 잘 들리지 않았다. 어깨와 애꾸가 각각 내 팔 하나씩을 어깨에 메고 나를 어디론가 끌고 갔다. 팔이 너무 아파서 잘라 내고 싶었다.

정신을 차렸을 땐 오직 한 가지 생각밖에 안 들었다.

'죽고 싶다.'

정말이지 끔찍하게 아팠다!

내가 누워 있는 곳이 동네를 에둘러 흐르는 개천의 다리 밑이라는 걸 깨닫는 데엔 많은 시간이 걸렸다. 다리 기둥 옆에 붉은색 오토바이 한 대가 세워져 있는 것이 보였다. 왕싸가지의 오토바이였다. 그러고 보니 정신을 잃었을 때 저 오토바이에 실려서 이곳까지 온 것도 같았다. 몸을 일으키려 하자 온몸이 욱신거렸다. 난 신음하며 도로 쓰러졌다. 애꾸의 얼굴이 보였다. 녀석이 내 얼굴을 유심히 살펴보더니 소리쳤다.

"브라보! 뻐꾸가 살아났다!"

왕싸가지가 비틀거리며 다가왔다. 녀석은 내 머리맡에 쓰러지듯 앉았다. 술 냄새가 지독하게 풍겼다. 나는 녀석에게서 벗어나고 싶었지만 아파서 꼼짝도 할 수가 없었다.

왕싸가지가 혀가 꼬여서는 말했다.

"아까 내가 왜 널 팼는지 알아?"

나는 빤히 왕싸가지의 눈을 올려다보았다. 왕싸가지의 눈이 빨갛게 충혈이 되어 있었다. 이상하게 녀석이 측은해 보였다.

왕싸가지가 자신의 손가락을 꺾어 뚜둑뚜둑 소리를 내며 지껄였다.

"뻔히 지고 있는데도 넌 아무것도 하지 않았어. 그냥 보고만 있었지. 난 그게 화가 났어. 가뜩이나 벌써부터 대학생 행세하는 자식들 꼴보기 싫어 죽겠는데 네가 뛰지도 않으니까. 네 행동은 날 모욕하는 거나 마찬가지였어. 넌 기분 좋게 진다는 말도 못 들어 봤지? 오늘 시합도 그래. 네가 죽자 사자 뛰었으면 지더라도 기분은 훨씬 나았을 거야. 일단 하는 데까지 해 본 뒤에 지면 내가 모자라다는 거 깨끗이 인정하겠는데, 요즘 아주 돌겠어. 공부 안 한 거 후회돼서. 이게 뭐야? 술이나 마시고 애들이나 패고 다니고 기분 정말 더러워."

나는 입을 열려다가 잔뜩 찡그렸다. 입술이 쓰라렸고 턱을 움직이기가 힘이 들었다. 나는 입술과 턱을 거의 움직이지 않고 혀와 목으로만 말을 했다.

"미안."

"병신 새끼. 그러니까 널 뻐꾸라고 부르는 거야. 그렇게 시도 때도 없이 사과하니까."

오토바이 소리가 들리더니 어깨가 나타났다. 어깨의 손엔 연고와 소독약, 약솜 등이 든 봉지가 들려 있었다.

왕싸가지가 약솜에 소독약을 묻혀서 내 입 언저리를 닦았다. 바늘로 상처를 찌르는 것처럼 따가웠다.

왕싸가지가 진지하게 물었다.

"말해 봐. 아까 왜 막지 않았는지."

나는 입을 가급적 움직이지 않으려고 노력하며 힘겹게 대답했다.

"어차피 막을 수 없을 걸 알았거든."

"해 보지도 않고 그걸 네가 어떻게 아냐?"

"난 축구를 못해."

"에라 이! '안' 뛰니까 못하지. 하긴, 너처럼 축구를 못하고 싶어 안달이 난 녀석은 뛰기도 전에 네 발에 걸려 넘어질 거다."

"……."

"넌 밸도 없냐? 왜 말이 없어? 밟으면 '꿈틀' 하란 말이야!"

"……."

난 대답할 기운조차 없었다.

왕싸가지가 내 이마에 연고를 발라 주며 무뚝뚝하게 말했다.

"한 일주일 있으면 쌩쌩해질 거다. 부러진 덴 없을 거야. 내가 기술적으로 때렸거든."

왕싸가지가 쓴웃음을 지으며 덧붙였다.

"명심해. 네가 뻐꾸인 건 좋다 이거야. 하지만 네 행동으로 우리까지 싸잡아서 무시당하는 일이 또 생기면 그땐 이박삼일 날 잡아서 제대로 패 줄 테니 알아서 처신해. 병신 노릇도 정도가 있지."

새벽에 녀석들은 나를 집 앞에 뉘어 놓고 초인종을 눌러 주었다.

왕싸가지가 오토바이에 시동을 걸며 말했다.

"서비스는 여기까지만이야."

요란하게 경적을 울리며 녀석들은 가 버렸다.

아스팔트 바닥에서 찬 기운이 올라와 몸이 뻣뻣해졌다. 반은 벌써 송장이 된 기분이었다.

한참 만에 누나가 잠이 덜 깬 얼굴로 문을 열고 나왔다. 누나는 발 아래에서 나를 발견하고는 새파랗게 질려서 소리쳤다.

"내가 못살아!"

누나는 나를 그대로 내버려 둔 채 매형을 부르며 집 안으로 들어갔다. 숨고 싶었지만 손가락 하나 까딱할 힘조차 남아 있지 않았다. 그 자리에 꼼짝없이 누워 있을 수밖에 없었다.

다시 현관문이 열리고 어둠 속에서 매형의 얼굴이 보였다. 나를 내려다보는 매형의 눈길에서 실망한 빛이 역력했다.

"싸웠냐?"

나는 웃을까 하다가 그만두었다. 퉁퉁 부은 얼굴로 웃어 봤자 웃는 것처럼 보이지도 않을 것이다.

"으이그. 잠깐이나마 너한테 기대를 건 내 잘못이지."

매형이 투덜대며 나를 일으켜 세웠다. 그리고 어린아이에게 걸음마를 가르치듯 나를 부축하며 박자를 세어 주었다.

"자, 천천히. 하나, 둘…….."

나는 거기에 맞추어 한 발짝 두 발짝 떼어 보려고 애를 썼다. 그러나 생각대로 몸이 움직여 주질 않았다. 급기야는 다리에 힘이 빠져서 주저앉고 말았다.

매형이 시뻘게진 얼굴로 버럭 고함을 질렀다.

"걸음도 똑바로 못 걸어? 도대체 너란 아이는 제대로 하는 게 뭐냐? 엄살 그만 부리고 잘 좀 해 봐! 걷지를 못하면 기기라도 해야지!"

순간 그 무엇에도 비할 수 없는 통증이 가슴을 훑고 지나갔다.

나는 금방이라도 떨어져 나갈 것 같은 팔로 기어 보려고 한참을 버둥대다가 벌렁 드러누웠다. 기기 잘하면 어디에 쓸모가 있을지 느긋하게 생각해 볼 요량이었다. 하지만 매형의 씨근덕거리는 숨소리가 나를 채근했다. 나는 손날을 세워 배를 가르는 시늉을 했다.

"뭐야, 배 째라고? 이 놈이 미쳤나?"

매형이 어이없어하며 날 내려다보았다. 거기다 대고 나는 넉살 좋게 웃어 주었다. 아직은 기는 걸 잘하고 싶지 않았다.

"좋게 말할 때 빨리 기어! 어쭈, 안 기어?"

매형은 약이 오를 대로 올라 찢어질 듯한 목소리를 냈다.

나는 한 번 더 씩 웃었다. 다시 생각해도 기는 건 별로였던 것이다.

‖‖ 임 태 희 ‖‖

삐꾸는 기지 않았다.

―고백 하나.
난 괜찮은 인간이 아니다.
그걸 들키지 않으려다 보니 외롭고
이렇게 글로 써서 왕창 들키고 나면 괴롭다.
그래도 괜찮은 인간이 되고자 하는 몸부림을 멈출 수 없기에
또 한 조각 부끄러운 내 모습을 세상에 내놓는다.

―고백 하나 더.
글을 다 써 놓고 들여다보니
삐꾸가 그렇게 멋있고 존경스러울 수가 없었다.
여차하면 기어 버리는 어른인 나와는 대조적으로
삐꾸는 기지 않았다.
평균 이하 우리의 삐꾸는 절대 기지 않겠단다.
잘하는 것 하나 없어도 기기는 싫단다.
똥배짱도 이런 똥배짱이 없을 것 같지만
간과해선 안 될 것이 있다.
삐꾸에겐 아직 시간이 많다는 거다.
이 글을 읽은 여러분에게 누군가 절망을 가르치려 들면
딱 잘라 거절했으면 싶다.
우리가 정말로 지는 순간은 잘하지 못했을 때가 아니라
포기했을 때니까.

깨지기 쉬운 깨지기 쉬운

김혜진

1979년 서울에서 태어나 연세대학교 정치외교학과를 졸업했다. 2003년 〈아로와 완전한 세계〉로 대산창작기금을 받으면서 작품 활동을 시작했다. 지은 책으로 동화 〈아로와 완전한 세계〉 〈지팡이 경주〉, 청소년 소설 〈프루스트 클럽〉, 옮긴 책으로 〈대학이 이런 거야?〉 〈세상에서 가장 아름다운 곳〉 등이 있다.

반짝임. 늦은 오후의 햇빛이 길게 가게 안으로 스며들면, 모두가 반짝였다. 가끔은 눈이 감기도록 시린 반짝임이기도 했다. 하얀 가게 벽에 붉고 파랗고 노란, 투명한 색깔들이 어룽졌고 나는 의자에 앉아 빛들이 서로를 품고 팔랑거리는 것을 바라보았다. 손님도 구경꾼도 없는 조용한 저녁에는 나조차 그 반짝임의 일부가 된 것 같았다.

　　fragile. 진작부터 좋아했던 단어였다. 깨지기 쉬운, 상처받기 쉬운. 얇은 크리스털 컵처럼, 하얀 사기 찻잔처럼 부드러운 천에 감싸 단단한 상자에 넣고 취급주의 딱지를 붙여야 하는 것들을 위한 형용사. 여기서는 매일같이 문득문득 그 단어가 떠올랐다. 아름다운 것들은 깨지기 쉬운 것. 어쩌면 깨지기 쉽기 때문에 아름답게 보이는 것일까, 생각했다.

처음 사촌 언니가 이곳에 나를 데리고 온 날에는 빼곡이 진열된 고운 유리 작품들을 깨뜨릴까 봐 두 손을 꼭 맞잡고 가게 안을 둘러보기만 했다. 작은 가게는 유리 공예품들 때문에 그 자체가 하나의 작품처럼 보였고 사장님은 단아하다라는 말이 잘 어울리는, 가는 주름마저 깨끗해 보이는 아주머니였다. 선생님, 이라고 언니는 불렀다.
"괜찮으려나, 잘 깨지는 것들이라서."
"저, 조심스러워요."
내 어설픈 말에 사장님은, 아니 선생님은 가만히 웃었다. 웃는 얼굴이었는데도 조금 어려웠다.
"원래 저녁때 가게를 보는 사람이 있었는데, 갑자기 일이 생겼다고 해서……. 내가 저녁에는 공방에 수업을 나가거든요. 다섯 시부터 아홉 시 반까지, 괜찮겠어요?"
언니에게서 다 듣고 온 이야기라서 고개만 끄덕였다. 앞서 일하던 사람이 돌아올 10월 중순까지, 두 달 좀 못 되는 기간 동안의 짧은 아르바이트였다. 주 업무는 계산과 포장, 소소한 청소와 뒷정리. 매일 먼지를 떨고 닦아 줄 것. 그래야 빛이 가려지지 않으니까. 작품을 잘못 건드려 깨뜨리지 않도록 주의하고, 사람들에게도 늘 조심해 주기를 부탁할 것.

"아직 어린 학생이, 여기 오래 있으려면 심심할 텐데."

"따로 할 일도 없는걸요."

수시 합격 발표가 난 7월 이후로 내게 시간은 뚝 떼어 어디다 버리고 싶을 정도로 많았다. 2학기부터는 오전 수업만 하고 학교를 나왔다. 점심때가 지나면 아이들도 선생님들도 너 여기서 뭐 하니, 물었다. 자리를 비워 놓고 전학 간 아이 취급을 하는 것이 더 속 편한 모양이었다. 가방을 챙겨 들고 일어설 때마다 좋겠다는 말이 들리는 것에도, 미안해하는 것에도 지쳐서 빨리 무덤덤해지기만을 바라고 있던 차였다.

아르바이트를 시작하고 처음 며칠은 내가 일하는 시간에도 선생님이 남아 일을 가르쳤다. 결혼도 안 하고 아이도 없다는 선생님은 작품을 아이들이라고 불렀다. 아, 그 아이가 팔렸나 보네. 시은 양, 오늘 새로 가져온 아이들인데 어때요? 카드 결제와 장부 정리와 포장에 손이 익고, 내 입에서도 아이들이란 말이 어색하지 않게 나오게 되었을 때부터 혼자 가게를 지키게 되었다.

아홉 시 반까지 네 시간 반은, 가끔은 훌쩍 지나가고 가끔은 지겹게 안 갔다. 구경꾼들은 심심찮게 있었지만 막상 작품을 사는 사람은 많지 않았고 선생님이 다 청소를 해 놓는 바람에 할 일이 그다지 없었다. 나는 책과 잡지를 가지고 와서 읽고 음악을 들었다. 영어 공부나 봉사 활동을 하지 무슨 아르바이트냐고 못마땅해 하던 엄마 말대로 영어 공부도 했다. 장부를 뒤적이고 핸드폰을 만지작거렸다. 학교에, 학원에 있을 아이들에게는 어쩐지 연락할 마음이 안 났다.

모든 게 지루해지면 작품을 하나하나 꼽아 가면서 가격까지 외웠다.

먼저 색색의 유리알로 만든 귀걸이와 목걸이. 엄지 손가락만한 유리 동물들, 공작과 기린과 고양이와 사자와 펭귄. 유리 화병에는 유리 꽃들이 꽂혀 있었는데 주로 장미와 백합이고 가끔은 튤립과 해바라기가 섞여 들어왔다. 그리고 포도, 사과, 딸기가 담긴 유리 과일 바구니. 황금 테두리를 두른 찻잔 세트. 간장 종지처럼 작은 것부터 넓은 대접까지, 유리 그릇들. 제일 커다란 그릇 안에는 알록달록한 유리 돌이 담겨 있었다. 손에 쥐면 차가웠다가 금방 내 체온만큼 따뜻해지는 유리 돌도 파는 것이었다. 처음엔 누가 사 갈까 싶었는데 심심치 않게 사 가는 사람이 있었다. 그 옆에는 흔들면 맑고 풍부한 음을 내는 유리 종들. 그리고 우리 가게의 마스코트인 입구 옆의 유리 소녀.

바닷빛 파랑 원피스를 입고 꽃 두어 송이를 든 단발머리 유리 소녀는 살풋 고개를 옆으로 기울인 채 유리창 앞을 지나가는 사람들을 올려다보고 있었다. 유리 소녀와 눈이 마주친 사람들은 누구나 발걸음을 늦추고, 혹은 멈추고 미소를 지었다.

그렇게 크고 비싼 아이는 잘 팔리지 않았다. 가장 인기가 좋은 것은 귀걸이, 목걸이와 동물들, 그리고 찻잔이었다.

포장을 할 때면 얇고 보드라운 종이로 살살 작품을 감싸고 딱딱한 종이 상자 안에 뽁뽁이를 둘렀다. 작품을 누이고 남은 공간은 구긴 종이로 채웠다. 상자 뚜껑을 닫고, 뚜껑이 열리지 않도록 커다란 스티커를 붙였다. 초록빛 둥근 스티커에는 하얀 글씨로 'fragile/깨지기 쉬움'이라고 씌어 있었다. 상자를 비닐 봉투에 담아 건네주면서 말했다. 잘 깨지니까 조심하세요. 사람들은 조심스레 봉투를 품에 안고 가게를 나섰다. 그 뒷모습을 보면서 아무리 조심한다고 해도 언젠가는 깨지게 되지 않을까, 하고도 생각했다.

달력은 9월로 넘어갔는데 날은 여름날처럼 벌겋게 더웠다. 에어컨을 틀어 놓은 가게 안에 있으면 바깥 날씨가 그렇게 덥다는 것이 실감나지 않았다. 나는 카운터 뒷자리에 앉아 바쁘게 혹은 여유롭게 걸어가는 사람들을 구경했다. 저 사람들에게는 모두 갈 곳이 있고 할 일이 있는 걸까? 궁금했다. 나는 여기 이렇게 멈춰 있는데.

이상하다, 비어 있었다. 언제나 해야 할 일들과 만나야 하는 사람들, 풀어야 할 문제들과 외워야 할 것들로 꽉 차 있었는데, 언제나 어디론가 가기만 했는데 지금은 그렇지가 않다는 것이 이상하게 느껴졌다.

기차를 타고 가다가 조그만 간이역에 내려 다음 기차를 기다리는 기분이었다. 지금까지는 언제 내렸다 탔는지도 모르게 바쁘게 달려가 갈아타곤 했잖아. 그런데 이제 다음 기차는 아주 나중에 온대. 천천히 온대. 이 역은, 마을과 멀리 떨어진 넓은 들판 한가운데 있어. 그 들판에는 유리 꽃들이 피어 있고 모든 것이 조용해.

그대로 오랫동안 움직이지 않았다. 여기서는, 빛이 한 조각만 들어와도 사방으로 번지고 흔들린다. 넘친다. 눈부셨다. 깨뜨리면 안 되는 것을 앞에 둔 것처럼, 조심스러웠다.

저녁 햇빛이 사선으로 가게 한쪽 벽을 덮어 갔다. 가게의 반은 더욱 환하고, 그래서 반은 더욱 어두웠다. 밝은 켠의 아이들은 밝게 빛나고 어두운 켠의 아이들은 어둡게 빛났다. 실눈을 뜨고 보면 가게 안을 가득 채운 색색의 반짝임이 바르르 떨리는 것 같았다. 반짝이는 날개를 가진 나비며 잠자리들이 날아오르려 하는 것처럼.

그때 유리문이 열려 빛과 그림자들이 흔들렸다. 빛을 등에 업고, 남자 애가 가게로 들어왔다.

일어나서 어서 오세요, 인사를 해야 했는데 나는 그대로 앉아서 그 아이를 바라보기만 했다. 여기가 어딘지도 잠시 잊고 아르바이트를 하고 있는 중이라는 것도 잊고, 나 혼자 앉아 있던 역에 누군가 들어왔다고만 생각했다. 같이 기차를 기다려 줄 누군가가.

"저기요."

"……."

"……."

"네?"

한 박자 늦게 대답하고, 정신이 들었다. 당황해서 벌떡 일어났다.

"네, 네!"

"아니요, 아니, 그냥……."

남자 애는 나보다 더 당황한 얼굴로 손을 내저었다. 그러다 작품 깨겠어요! 말은 못 하고 눈만 크게 떴다. 남자 애도 멈추어 눈을 동그랗게 떴다. 몇 초, 그렇게 마주보고 서 있었다. 반짝, 반짝. 그 애는 빛 속에서 나는 그늘에서. 움직이면 깨질 것 같아서 손끝 하나 꼼짝할 수 없었던 짧은 순간.

"이거는 다, 누가 만드는 거예요?"

침묵을 깨면서 남자 애가 물었다.

"아…… 여기 주인 선생님이 공방을 하시는데요, 거기서 작업하시는 분들이 만드는 거예요. 선생님 작품도 있고요."

별 얘기도 아니었는데 남자 애는 고개를 끄덕이며 새삼스럽다는 듯이 가게 안을 둘러보았다. 그러더니 문득 물어 왔다.

"그쪽도, 만들어요?"

"예? 저요? 아니요, 저는 그냥 알바인데요."

왜 그 순간에 얼굴이 빨개졌는지 모르겠다. 저는요, 그냥 학생이구요, 그냥 알바라서요, 이렇게 예쁘고 정교한 거 만드는 사람은 아니고요, 포장은 잘하지만요…….

"다음에 다시 올게요."

남자 애는 꾸벅 인사를 하고는 나갔다. 구경만 하고 가는 손님들이 하나같이 하는 말이었는데 왜 꼭 진짜 다시 올 것 같았나 모르겠다. 그리고 남자 애는 진짜로 다음 날 다시 왔다.

"어머니 생신인데요, 뭐가 좋을까요?"

"얼마 정도로 생각하시는데요?"

"너무 비싼 건 말고요."

여기 동물들이 있고요…… 뻔히 보이는 것을 말로 하고 있는 내가 바보처럼 느껴지기 시작하는데 남자 애가 손가락으로 뭔가를 가리켰.

"이거, 종이에요?"

빨강 파랑 하양 물방울 모양이 점점이 박힌 유리 종이었다. 남자 애는 종을 들어 살짝 흔들었다. 따랑, 하는 소리가 맑게 울렸다. 남자 애는 제풀에 놀라 다른 손으로 종을 감쌌다.

"앗, 깨지겠다."

"그렇게 쉽게 깨지진 않아요."

참 쉽게 깨질 것 같지만, 조심하라고 스티커를 잔뜩 붙이곤 하지만 그렇게 시시하게 깨져 버리진 않아요. 그러니까 놀라지 않아도 돼요.

남자 애는 가격표를 보고 종을 내려놓았다. 비싼가, 안 사려나 싶었다.

"내일 다시 올게요."

꾸벅 고개를 숙이고는 나가 버린 남자 애는 그 말처럼 내일, 종을 사러 왔다. 나는 시간을 들여 포장을 했다. 황금빛 점이 뿌려진 빨간 포장지로 상자를 싸고 가게 로고가 박힌 황금 리본을 달았다.

"포장 잘하시네요."

그 애가 말했다. 안 더워요? 하고 묻기도 했다. 나는 입고 있던 두툼한 카디건을 내려다보고, 안에는 에어컨이 있잖아요, 하고 말했다. 아, 그렇구나. 남자 애는 대단한 사실을 안 것처럼 힘차게 고개를 끄덕였다.

남자 애가 다시 온 것은 그 다음 주였다. 아침부터 줄기차게 내리던 비가 오후 되니 잦아들어서 내가 가게에 나갈 즈음 해서는

가랑비로 바뀌었다. 선생님은 수업이 없는 날이니 천천히 가겠다며 차를 끓였다. 황금 테두리 찻잔에 담긴 차에서는 비 냄새가 섞인 듯 조금은 비릿한 향이 났다.

"이 비 그치면 정말로 가을이겠다."

선생님은 빗방울이 동글동글 맺힌 넓은 유리창을 바라보며 말했다. 나뭇잎들이 깨끗이 씻겨 더 곱게 물들겠다…… 하고도 말했다. 이제는 내게 말을 놓는 선생님은 여전히 어려웠다. 오랫동안 유리 아이들과 함께 살아서 그럴까, 선생님은 유리 같았다. 조심스럽게, 깨어질까 마음써야 할 것처럼.

"선생님은, 여기 있는 작품 중에 뭐가 제일 좋으세요?"

선생님의 시선이 가게 안을 천천히 돌다가 한곳에 머물렀다. 비 오는 바깥을 하염없이 내다보고 있는 유리 소녀였다. 하지만 선생님은 곧 시선을 돌리고는 모두가 좋다고, 하나를 꼽을 수 없다고 정답 같은 대답을 했다. 그리고 내게 물었다.

"시은이는?"

"저는요, 음, 저도 다 좋은데…… 굳이 꼽으면, 유리 꽃들이오. 근데 꽃잎은 더 잘 깨질 것 같아요."

"사람이 만든 건 늘 잘 깨지지."

정말로 그럴까요, 물었더니 선생님은 그렇지 않은가 하면서 웃었다. 깨져 버릴 것을 왜 굳이 만드는 걸까 생각했다가 아름다우니까 하고 스스로 답했다. 그리고 조심할 수 있으니까. 언젠가는 깨지더라도 가장 오래 빛나도록 조심할 수 있으니까. 그때 유리문이 열리며 가벼운 빗소리가 들렸다.

"아, 어서 오세요."

선생님은 바로 자리에서 일어나며 인사했는데 나는 도리어 입을 꼭 다물었다.

남자 애는 젖은 우산을 들고 어쩔 줄 몰라 했다. 우산 때문으로 생각했는지 선생님이 말했다.

"거기, 양동이에 넣으시면 돼요."

"아, 예……."

남자 애는 우산을 정리해 넣더니 물건을 구경하는 것도 아니고 나에게 말을 거는 것도 아닌, 어정쩡한 자세로 섰다. 선생님은 의아한 얼굴이 되었다.

"무슨?"

"아, 저, 여기서 종을 샀는데요, 저, 어머니 생일 선물로 샀는데요, 어머니가 너무 좋아하셔서요……."

조금 더듬고 목소리가 너무 크기는 했지만 하고 싶은 말은 똑바로 했다. 선생님이 활짝 웃었다.

"그랬어요? 다행이네요."

할 말을 끝낸 남자 애는 조금 처량해 보였다. 뭐 하니, 더 할 말

없으면 그냥 나가면 되잖아. 들고 있던 찻잔만 만지작거리는데,
 "차라도 한 잔 드시겠어요?"
 "예에?"
 선생님의 말에 나도 똑같이 놀랐다. 선생님은 황금 테두리 찻잔을 하나 더 꺼냈다. 남자 애는 조심조심 찻잔을 쥐고 차를 마셨다. 손이 크구나. 당장이라도 컵이 파삭 깨질 것 같아 보였다.
 약을 마시듯 마지막 한 방울까지 차를 들이키고, 남자 애는 한결 정돈된 목소리로 고맙다고 인사했다.
 "아니, 제가 고맙죠. 또 오세요."
 "네, 안녕히 계세요."
 마지막 인사는 씩씩했다. 나는 처음부터 끝까지 한 마디도 하지 않았는데 선생님이 물었다.
 "혹시, 친구?"
 "예? 아뇨……."
 "서로 알고 있는 사이 같아서."
 놀랐다.
 "아니요, 그게 아니라, 그 종을 제가 팔았잖아요, 그래서……."
 "착한 학생이네, 그렇지?"
 어머니 선물을 사 갔다는 게 착한 건지, 어머니가 좋아했다는 말을 전해 주러 온 게 착한 건지, 얌전히 주는 대로 차를 마신 게

착한 건지, 아니 뭐가 착하긴 한 건지. 아무 대답도 안 하는 나를 보고 선생님은 또 웃었던 것 같다.

"안녕하세요!"

당당하게 들어오는 모습이 어제 그 사장님이 또 오라고 했으니까, 하고 말하는 것 같아서 웃음부터 나왔다. 작품들을 대충 둘러보는 척하더니 용기를 낸 건지,

"저기요, 몇 살이에요?"

망설였던 건 나이를 묻는 게 싫어서가 아니었다. 이 아이는 몇 살일까. 머리 길이로 보면 고등학생은 아닌 게 분명했다. 한 살, 아니 나보다 두 살은 많지 않을까 생각만 했는데,

"……스물하나요."

입 밖으로 내고 내가 더 놀랐다. 아니, 농담이에요, 말이 잘못 나왔어요, 그랬어야 했는데 다음 순간,

"아, 동갑이네. 나도 스물한 살인데."

남자 애의 얼굴이 눈에 띄게 밝아졌다. 내 얼굴은 까매졌을 것이다. 당황해서, 말을 주워 담지도 못했다. 남자 애가 물었다.

"대학생?"

그래, 아니야 대답 못 하고 바보처럼,

"내년에 대학 가."

내 말에 남자 애는 잠깐 멍한 얼굴이 되었다가,

"그럼 이번에 수능 봐? 정말? 너도 삼수 해? 나도 이번에 삼수 하는데!"

이름은 상천. 대학 다니다 반수 해서 실패했는데 그대로 학교로 돌아가기는 억울해져서 아예 때려치우고 삼수생이 되었다고 했다. 바로 옆 큰길에 있는 학원에 다니고, 지금은 저녁 식사 시간이라서 여기 들른 것이라 했다.

"너는? 학원 안 다녀? 이거 알바하느라 시간 많이 뺏기는 거 아니야? 나는 이번에 완전 목숨 걸었는데. 핸드폰도 없앴어."

나 수시 합격했어, 하고 말해야 했을 것이다. 그리고 사실은 나 아직 고등학생인데, 말해야 했다. 하지만 이 아이는 내가 자기와 동갑이고, 내가 자기처럼 삼수생이라는 것이 진심으로 기쁘고 반가웠던 모양이었다. 그래서 나는 그게 다 아니라고 말하지 못했다.

내가 왜 그랬지 생각하고 후회하느라 그날 밤은 잠도 제대로 못 잤다. 그 애가 또 오면 사실대로 말해야지 했다가, 또 올까 싶었다가, 어차피 손님인데 열아홉이든 스물하나든 무슨 상관이야 싶기도 했다. 앞으로는 볼 일이 아예 없을지도 모른다, 생각하니 마음이 조금 편해졌다가 조금, 우울해졌다. 내 마음을 나도 모를 지경이었다.

하지만 바로 다음 날 바로 그 시간에 상천이는 또 가게에 왔다.

밥 먹고 학원 들어가는 길이라며 저녁 먹었냐고, 배 안 고프냐고 물었다. 동갑내기 친구처럼 편하게 묻는 바람에 나도 편하게 괜찮다고, 배 안 고프다고, 공부 열심히 하라고 말했다. 그러느라고 정작 해야 할 말은 하지 못했다. 그냥, 많이 웃기만 했다.

그날부터 상천이는 거의 매일 가게에 들렀다. 처음에는 잠깐 인사만 하고 나가더니 손님이 없을 때는 카운터 옆에 보조 의자를 펴고 앉아 이십 분, 삼십 분 앉아 있다가 학원 수업 오 분 전에 뛰어나갔다.

매일같이 오늘은 말해야지 하면서도, 가게 문을 열고 들어오는 상천이를 볼 때마다 매일매일 체하는 것 같으면서도 나는 솔직하게 말하지 않았다. 대신 방구석에 쌓아 두었던 수능 문제집 한 권을 들고 나왔다. 엄마가 영어 공부하랬으니까, 아무것도 안 하는 것보다는 이게 낫다고 생각하면서 외국어 영역 지문을 읽었다. 상천이는 모르는 거 있으면 물어보라며, 자기 공부 잘한다며 자랑이었다.

기차가 오지 않았으면 좋겠다고 생각했다. 이 간이역에 오래도록 머물러도 될 것 같았다. 기차의 시끄러운 소음에 유리 꽃이 다 깨져 버릴지도 모르니까, 기차가 오지 않았으면. 그냥 이대로 있고 싶었다.

10월이 되자 나무들이 한 뼘 더 깊이 물들어 정말 가을이구나 싶었다. 가게 안으로 비치는 햇살도 한결 부드러워졌다. 유리 아이들을 닦아 주어야겠다 싶어서 부드러운 천을 들고 일어서는데 유리창 앞에 선 아저씨를 발견했다. 아저씨는 유리 소녀를 한참 내려다보더니 가게 앞을 지나갔다가 몇 번이나 다시 돌아왔고 망설이듯 문고리를 잡았다가 놓다가 하더니 드디어 가게 안으로 들어왔다.

"어서 오세요. 천천히 구경하세요."

 착하게 말해 주고 싶은 사람이었다. 착하게, 곱게, 조용하게 말을 건네고 싶은 사람. 어수룩한 행동을 해도 모르는 척해 주고 싶은 사람. 그건 어렵다는 것과 같은 뜻인지도 모르겠다, 선생님이 그런 것처럼……. 그렇게 생각했다.

 아저씨는 가게 안을 서성거리더니, 다시 유리 소녀를 한참 들여다보았다.

"이 아이는……"

 뭐라고 물을 것처럼 유리 소녀를 가리키던 아저씨는 어색한 미소를 짓고 입을 다물었다. 말을 잇기를 기다렸다.

"어…… 사장님은, 오늘 안 나오시나요?"

"저녁때는 수업 가시거든요. 다섯 시 전까지는 선생님이 계셔요."

"아, 그래요."

아저씨는 안심하는 것도 같고 아쉬워하는 것도 같은 얼굴을 했다. 아저씨는 내 얼굴을 보더니 조심스레 말을 꺼냈다.

"저, 혹시……"

"네?"

"조카신가요? 친척이신가 해서……."

"네? 아닌데요."

선생님과 내가 닮았나, 하는 생각을 처음으로 했다. 안 그런 것 같은데, 그렇게 보이나? 여기에 있다 보니 닮아 가는 걸까, 그럼 나도 선생님처럼 유리 같아 보일까.

"요새 사장님 건강하신가요?"

"어디 아프시지는 않은 것 같으신데요."

참 성의 없고 건질 것 없는 대답이었는데 아저씨는 참으로 다행이라는 듯 고개를 끄덕였다.

"그럼 수고하세요."

가게 밖으로 나간 아저씨는 유리창 앞에 서서 유리 소녀를 내려다보았다. 유리 소녀는 오롯이 아저씨를 올려다보았다. 나와 눈이 마주치자 아저씨는 친한 사람을 대하듯 익숙한 미소를 지었다. 조용하고, 수줍은 미소였다. 닮은 것은 나와 선생님이 아니라 저 아저씨와 선생님이 아닐까. 그 웃는 모습을 보고 생각했다.

"선생님하고 제가 닮았나 봐요."

아홉 시 반, 수업을 마치고 돌아온 선생님을 도와 뒷정리를 하며 말을 꺼냈다. 선생님은 늘 뒷정리는 혼자 할 수 있다며 먼저 가라고 했지만 내가 부득이 하고 가겠다고 우기며 남았다.

"응? 왜?"

"아까 어떤 분이 와서, 저더러 선생님 조카냐고 물어봤거든요."

닮아서 물은 것이라면 왜 딸이냐고는 하지 않았을까, 그제야 이상하다는 생각을 했다. 선생님을 잘 아는 사람이었나 보았다.

"어떻게 생긴 사람이었는데?"

이러저러했다고 기억을 더듬으며 설명을 하자 선생님은 아, 그 사람, 하며 아는 척을 하는 것도 아니고 모르겠는데, 하고 고개를 갸웃거리는 것도 아닌, 망연한 표정을 지었다.

"연락처 받아 놓을 걸 그랬나요?"

"아니, 아니야, 아니야."

하도 강하게 고개를 저어서, 말을 꺼낸 내가 잘못한 기분이 들었다. 내가 괜히 예민하게 생각했나 싶었지만 아저씨를 두 번째로 보았을 때 바로 선생님의 그 표정이 떠올랐다. 생각하지 못한 일이 닥치기라도 한 듯 준비되지 않은, 속살을 드러낸 그 표정이.

이틀인가 지나서, 조금 일찍 가게로 향한 날이었다. 아저씨는 가게 앞 길 건너편에 서서 가게 쪽을 보고 있었다. 보자마자 그때 그 사람이라는 것을 단박에 깨달았다. 선생님이 그런 표정을 짓지만 않았더라도 나는 그냥 잊어버렸을 텐데. 아저씨는 나무에 반쯤 몸을 숨기고 서 있었다. 가게 안쪽에서는 여간 신경을 쓰지 않는다면 잘 보이지 않을 위치였다.

나는 섰다. 못 본 척하고 아무렇지도 않게 아저씨 옆을 지날 수는 없을 것 같았다. 모르는 척하고 걷다간 발이 서로 걸려 넘어지게 될 것 같았다. 나는 아저씨가 몇 번이나 뒤돌아보고 멈춰 서면서 그 길을 떠날 때까지 그 자리에서 기다렸다.

가게 안에 들어서자 선생님은 평소와 다름없이 반가이 나를 맞았다. 말할까 생각했다. 선생님, 그때 그 아저씨가 저기 앞에 서 있더라구요. 가게를 보는 것 같았어요. 하지만, 말을 할 수가 없었다.

차라리 말을 할 것을 그랬나, 그 다음 날 비슷한 시간에 가게로 나갔을 때 아저씨를 또 보고는 생각했다. 한번 이야기하지 않기를 택하자 더욱이 이야기하기가 어려워졌다. 마치 내가 상천이 앞에서 여전히 스물한 살 삼수생을 연기하고 있는 것처럼. 거기에 생각이 미치자 우울해졌다.

상천이는 종종 내게 지망 대학이며 모의고사 성적 같은 것을 물었다. 내가 대답하려 하지 않는 것이 창피해서라고 생각했는지, 재수생이면 몰라도 삼수생은 그런 거 부끄러워하면 안 돼, 짐짓 큰소리를 치기도 했다.

말할 수 없었던 것은 깨져 버릴까 봐서였다. 지금이 좋아서, 여기서 변하는 것을 견딜 수 없을 것 같아서. 어차피 변할 것이라면 조금만, 조금만 더.

선생님이 일이 있으시다고 내일은 세 시에 와 줄 수 있겠느냐고 물었다. 물론 괜찮았다. 나중에 가게에 온 상천이에게 말했더니, 잘됐다며 박수를 쳤다.

"나 내일은 저녁 시간에 보충이 있어서 저녁때 여기 못 오거든. 나도 세 시에 맞춰서 오면 되겠다."

그렇게 굳이 와야 할 건 없는데, 꼭 얼굴을 봐야 할 이유 같은 것은 없는 것인데도 아이처럼 좋아하는 모습에 새삼 쑥스러웠다. 체한 것처럼 속이 꽉 막히는 기분도 함께 들었지만.

세 시에 가게에 갔더니 상천이가 벌써 가게 앞에서 기다리고 있다가 어서 오라고 손을 흔들었다.

"언제 왔어? 오래 기다렸어?"

"아니야, 금방 왔어."

웃는 얼굴. 알게 된 지 얼마 되지도 않았는데, 참 오래 알고 지낸 사이처럼, 가까운 얼굴. 사이좋게 가게 안으로 들어서자 선생님은 어서 오라고 반갑게 맞았다. 상천이는 싹싹하게 인사를 했다. 나는 가방을 벗어 놓고 앞치마를 챙겨 입었다.

선생님이 이제 가 봐야겠다며 가방을 드는데,

"아."

아저씨가 유리문을 열고 들어왔다. 내 표정도 굳었을 것이다, 선생님처럼. 아무것도 모르는 상천이는 자기가 알바인 것처럼 어서 오세요! 인사했다. 그러고는 선생님과 내가 아무 말 하지 않는 것이 이상했는지 눈치를 살폈다.

아저씨는 문가에 서서 안으로 들어오지도 않고 조용히 선생님을 바라보았다.

"아…… 시은아, 미안한데, 잠깐 나갔다 올래?"

선생님 목소리가 떨렸다. 일이 있으시다면서…… 중얼거리다 말고 앞치마를 입은 채로 상천이의 팔을 끌고 가게 밖으로 나갔다. 아저씨 옆을 지나치는데 아저씨는 조금 미안한 얼굴로 살짝 고개를 숙였다.

"왜? 왜? 무슨 일인데? 누군데?"

상천이가 묻는 말에는 대답하지 않고 길 끝까지 상천이를 끌고 갔다. 큰길가에 가서야 내가 상천이 팔을 잡고 있다는 것을 깨닫고 놓았다.

"나도 몰라."

모른다. 저 아저씨가 누군지, 왜 선생님이 그런 표정을 해야 했는지, 왜 나더러 나가 있으라고 했는지, 몰랐다. 하지만 동시에 마음으로는 알 것만 같았다.

"학원 가야지."

"아냐. 늦어도 돼. 너 가게 들어가는 거 보고."

상천이는 고개를 저었다. 삼수생이 참 여유만만이다, 말했더니 너는! 하면서 발끈했다. 아차, 내 얼굴이 또 엉망이 되었던 모양이었다. 상천이는 금세 수그러들어서 미안, 하고 말했다. 미안하긴 뭐가 미안하니, 다 내 잘못인데. 내가 나쁜 건데, 나는 내가 나쁘다는 걸 너한테 알려 주지도 않고 있잖아.

상천이는 끝내 내가 가게로 돌아갈 때까지 함께 있어 주었다. 가게 앞으로 가서 보니 아저씨는 없고 선생님 혼자 자리에 앉아 있었다. 상천이를 보내고 가게 안으로 들어가는데, 아, 유리 소녀가 없었다.

"팔렸어요?"

그 사실에 놀라 묻자 선생님은 기운 없이 그렇다고 답했다. 그제야 선생님이 생기가 다 빠져 나간 사람처럼 넋 나간 얼굴을 하고 있다는 것을 알았다.

"선생님, 괜찮으세요?"

나는 몸이 괜찮은지, 기분이 괜찮은지를 물은 건데 선생님은 유리 소녀 이야기를 하는 줄 알았는지,

"응? 그럼, 괜찮지. 이제 다른 걸로 저 자리를 채워야지. 더 예

쁜 걸로."

그렇게 말하며 선생님은 꼭 울 것처럼 웃었다. 선생님은 일이 있다는 것을 잊었는지 아니면 취소한 건지 카운터 뒷자리에 앉아만 있었다. 손님이 들어와도 인사도 않고, 내가 물건을 계산하고 포장을 해도 내가 할까, 묻지 않았다.

"오늘은 수업 없으세요?"

다섯 시 반이 넘었다. 혹시나 싶어 물었더니 선생님은 그제야 정신이 든 모양이었다. 어머, 시간이 벌써…… 하면서 가방을 들고 자리에서 일어났다. 그럼 갈게, 하고 돌아서는 폼이 어쩐지 불안하다 싶었는데,

"선생님!"

조금 늦었다. 선생님의 긴 옷자락에 유리 백합 꽃잎이 걸리고 진열장 아래칸에 놓인 화병이 기우뚱하더니 바닥에 쏟아지듯 떨어졌다. 유리 백합과 장미도 함께였다. 와장창, 머릿속으로만 상상해 보았던 소리가 나고 반짝이는 조각이 튀었다. 빨갛고 하얗고 초록빛인 조각들이 우박처럼 떨어져 내렸다. 알록달록한 유리 조각들. 부서져 버렸는데, 예뻤다.

"어째…… 어쩜 좋아……."

선생님은 바닥에 주저앉듯 몸을 굽혔다. 눈물이 살짝 맺힌 눈으로, 어쩌면 좋냐고 중얼거리며 황급히 유리 조각을 주워 나가는

걸 겨우 말렸다.

"제가 치울게요, 네? 선생님, 그냥 가세요. 제가 정리할게요……."

사람을 불러야 한다는 생각을 하기는 했다. 누군가, 선생님을 안심시킬 수 있는 사람. 데리고 갈 수 있는 사람을. 하지만 나는 아무도 모르고 아무것도 몰랐다.

선생님을 의자에 앉히고, 유리 조각들을 줍고 쓸어 신문지에 싸고 다시 비닐봉지에 담았다. 버리려고 했는데 선생님이 작은 목소리로 말했다.

"그냥 둬…… 공방 가져가면 다른 작품 만들 때 쓸 수 있으니까…… 내가 나중에 가져갈게."

오늘은 수업 가지 마세요, 말하고 싶었는데 선생님은 가방을 고쳐 쥐고 허뜩허뜩 흔들리는 걸음으로 가게를 나갔다.

저녁 내내 불안했다. 상천이가 와 주었으면 했다. 하필이면 오늘 같은 날 못 오는 건지, 왜 핸드폰은 없고 그러는지. 다 상천이 탓이라도 되는 것처럼, 미웠다.

아홉 시 반에, 평소와 같은 얼굴로 돌아온 선생님을 도와 불을 끄고 문을 잠그고 길로 나왔다.

"내가 너무 미안하네……."

선생님은 조용히 웃었다. 아까는 몰랐는데 손등에 가늘게 상처가 나 있어서 놀라 말했더니 안다고, 이 정도는 괜찮다며 다시 웃었다. 꽃도 화병도 아깝다 아깝다 계속 말하기에 더 크게 안 다치신 게 다행이라고 조금은 건방지게 대꾸했다. 그러자 선생님은 시은이가 나보다 더 어른스럽네, 또 웃었다. 자꾸 웃는데 나는 조금 슬퍼졌다.

깨지기 쉬운 것과 상처받기 쉬운 것이 동일한 뜻이 아니라는 생각을 처음으로 했다. 깨지기 쉬우면 그 부서진 조각들로 도리어 상처 입히게 된다는 것을. 상처받기 쉬운 것들은 유리처럼 딱딱한 것들이 아니라 부드럽고 연하여 무엇에 부딪쳐도 깨지지는 않는 것들이라는 것을. 바로, 사람 같은 것.

그러니 나는 말을 해야만 하는 거라고, 비로소 알았다.

큰길에서 선생님과 헤어지고 버스 정류장과는 반대쪽으로 걸었다. 상천이가 다니는 학원이 있는 쪽이었다. 혹시나 해서 가 본 것이었는데 이렇게 보게 될 줄은 몰랐다. 쉬는 시간인지 상천이는 학원 계단에서 아이들과 막 웃으며 떠들고 있었다. 누가 보면 그냥 대학생인 줄 알겠다. 삼수생 티가 하나도 안 나잖아. 머리도 저렇게 길고. 저게 뭐야, 지저분하게.

"어? 시은아!"

알아보고, 뛰어왔다.

"웬일이야? 일 끝났어?"

말없이 고개를 까딱했다. 오늘은 두 번 보네, 하면서 싱글벙글하는 얼굴이 어쩐지 얄미웠다.

"그럼 나, 간다."

"어, 어? 벌써 가게?"

"집에 가는 길이야. 수업 안 들어가?"

내 말에 상천이는 시계를 보았다. 같이 떠들던 아이들은 자리를 털고 일어나 학원으로 들어가고 있었다.

"뭐 타? 버스? 지하철? 정류장까지 같이 갈까?"

"됐어. 너 안 들어가냐니까?"

"늦어도 괜찮……"

"됐다니까!"

상천이는 뭐라고 더 말을 했다. 어디 아파? 안 좋은 일 있었어? 기분이 왜 안 좋아졌어? 일이 힘들었어? 몰라, 바보야. 이러려고 온 거 아닌데. 학원 앞에 왔다가 우연히 상천이를 보게 되면 바로 말하려고 했는데, 나 고3이라고, 거짓말한 거라고, 미안하다고. 이젠 가게 오기 싫으면 오지 말라고. 그래 놓고서 나는 괜한 짜증만 부렸다.

"나 보려고 온 거 아니야?"

문득 차분해진 목소리로 상천이가 물었다. 말문이 막혔다. 그래, 맞아. 너 보러 온 거야. 널 보고 솔직하게 다 말하러 온 거야. 근데 지금 난 더 바보짓만 하고 있어. 내가 모르는 애들과 즐겁게 이야기하는 네 모습이, 내가 아는 네가 아닌 거 같아서. 나는 유리 가게 안이 전부인데 네게는 다른 세상이 있는 거 같아서. 내가 이러는 거 나도 너무 짜증나서 내가 막 미운데.

"알았어. 나 들어갈게. 잘 가."

상천이는 뒤돌아섰다.

버스에는 사람이 많았다. 집까지 서서 오는 길이 참 힘들었다. 마음에 쩍쩍 금 가는 소리가 들리는 것 같았다.

내가 정말로 스물한 살처럼 보이나? 이 바보야, 나 너보다 두 살이나 어려. 열아홉이란 말이야. 애초에 내가 거짓말을 하지 않고 열아홉이라고, 고3이라고 말했더라면 달랐을까? 이런 기분은 안 들었을까? 선생님이 화병을 깨뜨리지 않았더라면, 내가 그 아저씨를 본 적이 없었더라면. 그냥 이렇게 마음이 아프지 않는다면 좋을 텐데.

다 깨져 버린 것 같았다. 처음부터 다 잘못이었다는 생각에 마음이 더 깊이 갈라졌다.

누가 내게도 그런 스티커를 붙여 준다면 좋겠다. fragile. 깨지기 쉬움. 조심. 아름답지는 않을지 몰라도 깨지기 쉬우니까 제발, 조심해 달라고 말하고 싶었다. 하지만 결국 깨뜨린 것은 나였다.

이유도 없이 못되게 굴었으니 다시는 안 올지도 모른다고 생각했다. 아르바이트는 이제 고작 열흘 남짓 남아 있었다. 여기 일을 그만두게 되면 상천이와의 접점은 없어진다. 그래, 수능도 한 달밖에 안 남았으니까 지금 내가 사라져 주는 게 옳을지 모른다. 기차를 타고 떠나면, 잊으면 돼. 기찻길가에 피어난 유리 꽃들이 모두 바스러진다 해도 용기 없는 나는 그냥 눈감아 버릴 테지.

다섯 시 반. 다섯 시 사십이 분. 버티고 버티다가 다섯 시 오십 분. 여기에 진열된 유리 아이들처럼, 나도 진열되어 있는 것 같았다. 투명하고 여린 것들. 존재감이 없다가 빛이 반사되는 순간 놀랍게 자기 존재를 드러내는 것들. 나도 빛나고 있는 것 같은 때가 있었는데 지금은 한없이 투명해지는 것만 같아. 누구도 나를 알아볼 수 없을 정도로.

올까. 아니야, 안 와. 하지만 혹시.

창 밖으로 향하는 눈을 꾹꾹 아래로 누르는데, 상천이가 왔다. 문이 열리고 닫히고, 유리 아이들이 일제히 한숨을 쉬며 빛을 뿜었다. 파라락, 날아오를 듯한 빛.

문제집을 손에 든 폼이 나 여기 앉아서 풀다 가면 안 돼? 하는 듯했다. 안 돼. 가게도 좁은데 넌 너무 덩치가 커서 안 돼. 상천이는 나에게 묻지도 않고 보조의자를 꺼내어 카운터 옆에 앉았다.

말없이, 수학 문제를 풀기 시작했다.

나는 카운터 뒤에 앉아서 상천이를 보았다. 내가 보든 말든 문제만 푼다. 어제 왜 그랬어, 따져 묻지도 않고 아무 일도 없었던 것처럼. 열심히 하는 거 같은데 왜 삼수까지 한다지. 욕심이 너무 많은 거야. 너네 부모님 생각을 해야지. 그러니 수시 합격한 나는 정말 효녀야.

"왜?"

상천이가 물어서 정신을 차렸다. 물끄러미 나를 보고 있었다. 쑥스러워하지도 않고 바보 같지도 않은 저런 얼굴은, 반칙 아니야?

"나는 참 효녀인 것 같아."

"어?"

그래, 그렇게 얼빠진 얼굴이 훨씬 어울려. 나는 벌떡 일어나서 먼지떨이를 잡았다. 살살 동물들을 쓰다듬듯 먼지를 떨었다. 공작이랑 기린. 백합도 한 송이씩, 잎 하나 하나씩.

누가 내 속에 쌓인 먼지를 닦아 준 것일까. 딱딱했던 마음이 흐물흐물해졌다. 유리 소녀가 있던 자리와 어제 깨진 화병 자리에 가서는 또 마음이 콕콕 찔리는 것 같았는데 어제처럼 그렇게 날카롭고 차갑지는 않았다. 뒤돌아보지 않아도 상천이가 거기 앉아 있다는 것이 느껴졌다. 모나지 않고 깨지지 않는, 따뜻하고 부드러운 것.

뒤돌아보았더니 상천이는 다시 문제집만 파고 있었다. 둥그렇게 구부러진 등. 성큼성큼 다가가서 먼지떨이로 등을 톡톡 두드렸다.

"왜? 뭐 해?"

"먼지 떨어."

"나, 더러워?"

그 말에 웃어 버렸다. 상천이는 또 멍한 표정을 했다가 나를 따라 웃기 시작했다. 먼지떨이로 머리카락을 엉클어뜨렸는데도 좋다고 웃는다. 난 유리 꽃처럼 섬세하니까 조심해 줘, 하고 장난치길래 깨지기 쉬움 스티커를 꺼내서 이마에 붙여 주었다. 그래도 좋단다.

아주 깨지기 쉬운 것, 깨지지 않게 지키고 싶다는 생각을 했다. 그러니까…… 먼저 얘기를 하자. 용기를 내자.

"있잖아."

"어?"

"나 할 말이 있는데."

표정이 심각해진다.

"사실 나, 그러니까…… 어…… 이번에 수능……"

내년에 대학에 가긴 가. 근데 수능은 안 봐. 나 수시에 붙었거든. 사실은 나 고3이야, 하고 말하려고 했다.

"그렇구나. 수능 본다는 거, 거짓말이지?"

벌써 알고 있었나 싶어서 가슴 한켠이 서늘해졌다.

"내가 삼수생이라서 맞춰 주려고 거짓말한 거지? 너, 대학생이고 이건 과외하느라고 하는 거지?"

상천이는 카운터 위에 놓인 내 수능 문제집을 가리켰다. 서늘해졌던 가슴이 몽글몽글 간지러운 느낌으로 꽉 찼다. 정말, 왜 이러니. 나는 큭큭거리다가 막 웃었다.

"나, 있잖아. 아하하."

뭐야, 너무 웃기잖아. 그냥 웃음만 나오는걸. 하나도 심각하지가 않아.

"나아…… 고삼이다."

"어?"

완전히 얼이 빠진 얼굴. 나를 웃기려고 작정한 애처럼, 말을 해도 웃기고 안 해도 웃기다. 학교 늦게 들어간 것도 아니고 열아홉 살 고3이야, 말하고 나면 왜 거짓말했냐고 물어볼 줄 알았는데, 거짓말했다고 심각해져도 할 말 없다 싶었는데 버럭 소리 지르듯이 한다는 소리가,

"그럼 오빠라고 불러야지! 야!"

"됐네요."

"아, 씨!"

"씨? 씨라 그랬어, 지금?"

눈을 부릅뜨자 조금 미안한 얼굴을 했다.

"그래도…… 그러니까…… 너 열아홉 살이라며."

"그래."

"나는 스물하나인데."

"스물하나에 수능 보는 게 참 자랑이네요."

"그런 얘기가 아니라!"

억울한가 보다. 목소리가 커진다. 그런데 왜 나는 웃길까? 왜 이렇게, 고마울까. 나는 배를 잡고 웃고, 상천이는 화를 내지도 못하고 그렇다고 따라 웃지도 못하며 구겨진 표정으로 그런데 왜 여기서 알바를 하냐고 물었다.

내가 수시 합격자라는 말을 들은 상천이는 엄청나게 억울해하며 빨리 학교 이름을 대라고 난리였다.

"아, 그건 왜."

"빨랑 말을 하라니깐, 이 거짓말쟁이야!"

"왜, 따라오게?"

"못 갈 수도 있으니깐 빨리 말해 봐!"

"그래, 이렇게 유리 가게 알바 아가씨나 쫓아다니면서 무슨."

농담이었는데 금방 풀이 죽었다. 그러게, 어쩌지, 중얼중얼하더니 이럴 때가 아니야, 공부할 거야, 하면서 다시 문제집을 펼쳤다.

막 화를 내며 날 안 보겠다 해도 어쩔 수 없다고 생각했는데. 다 깨져 버리면 눈감고 고개를 돌리려 했는데 이상하다, 이건 깨지지 않았다. 그렇게 견고했다.

마음을 놓아도 좋았다. 유리 꽃을 부수지 않고도, 기차는 나아갈 수 있었다. 이제는 여기를 떠날 수 있을 것 같았다.

고마워, 중얼거린 말을 상천이는 들었을까.

누군가 나를, 우리를 조심조심 깨지지 않게 다루어 주었던 것일지도 모르겠다. 상천이는 매일 가게에 왔고, 더 열심히 공부한다고 했고, 나는 상천이 학원 옆 영어 학원 시간을 알아보았다. 유리 소녀가 놓였던 자리에는 기다란 화병이 놓였다. 유리 소녀는 어디 갔느냐고 물어보는 사람들이 가끔 있었다. 그 아이도 이젠 집에 가야지요, 좋은 데 갔을 거예요. 아저씨는 매일 유리 소녀를 깨끗이 닦아 줄까. 먼지가 내려앉지 않도록, 햇빛에 투명하게 빛날 수 있도록.

그리고 선생님은 그때 깨진 화병과 유리 꽃들의 조각으로 만든 것이라며 새 화병을 가지고 왔다. 투명한 유리 안에 들어간 조각들이 원래 모습이었을 때보다 더 반짝였다.

"다른 화병들보다, 훨씬 예뻐요."

다행이구나, 선생님은 기뻐했다. 소중하게 화병을 만지는 선생님이 새삼 어른으로 보였다. 내가 잘못 알았던 모양이었다. 선생님은 유리 같지만은 않았다. 이렇게 부서진 것들로 더 아름다운 것을 만드는 선생님은.

선생님은 유리 소녀가 놓였던 자리에 두었던 화병을 치우고, 그곳에 새 화병을 놓았다. 자리가 비로소 제 주인을 찾은 듯 채워졌다. 유리 꽃을 꽂지 않아도, 화병 그 자체로 충분했다.

깨지고 끝인 게 아니어서, 새 화병이 참 예뻐서, 다행이었다.

아르바이트 마지막 날에는 수업을 마치고 돌아온 선생님과 마주앉아 잠깐 차를 마셨다. 내일부터는 원래 일하던 사람이 돌아온다고 했다. 더 하고 싶다고 슬쩍 말해 보았지만 선생님은 더 재미난 일을, 더 넓은 곳에서 하라며 거절했다. 알겠으면서도 조금 서운한 마음이 들었는데,

"그래도 시은이가 있어서 참 좋았어."

선생님은 선물이라며 제법 큰 상자를 내밀었다.

"시은이더러 고르라고 할 걸 그랬나? 그래도 내가 시은이 생각하면서 고른 거니까, 괜찮지?"

받은 알바비보다 더 비싼 물건이 아닐까 싶어서 받기가 조심스러웠다.

"가게에 있던 거 아니고 공방에서 가져온 거니까 맘 편히 받아

도 돼."

"고맙습니다."

포장까지 예쁘게 된 상자는 꽤 무거웠다.

"부딪치면 깨지니까 조심해서 들고 가."

선생님은 다 아는 애길 뭐 하러 했지, 하면서 웃었다. 나도 따라 웃었다. 내 입에도 착 달라붙어 있는 말. 쉽게 깨지니까 조심하세요. 이젠 그런 말을 하는 일도 없을 것이다. 가슴이 먹먹해졌다.

유리 아이들 틈에서 음악을 들으며 실눈을 뜨고 반짝거림을 보는 일, 유리창 앞을 지나가는 사람들을 보는 일, 누군가를 기다리는 일, 깨질까 봐, 깨뜨릴까 봐 조바심을 내는 일도 끝이었다. 나는 이제 다음 기차를 탄다. 다시는 돌아올 수 없을 이 작은 간이역은 영영 안녕.

"벌써 데리러 왔네."

선생님이 바깥을 가리켰다. 유리창 밖에 상천이가 서 있었다. 나와 눈이 마주치자 쑥스럽게 웃었다. 아까 저녁 시간에 들러 놓고서 왜 또 이 시간에 여길, 수업 중일 텐데.

문 닫는 것을 돕겠노라 했지만 선생님은 밖에 기다리지 않냐고, 빨리 가라고 성화였다. 놀러 오겠노라고 인사를 하고 나갔더니 상천이는 나를 보지 않고 가게 안의 선생님에게 구십 도로 고개를 숙여 인사했다. 선생님은 어서 가라고 손짓했다.

"오늘 저녁 수업 없어?"

"아니, 그냥. 너를 여기서 보는 것도 마지막이구나 싶어서."

그 말에 먹먹한 기분이 돌아왔지만 수능 얼마 남았다고 여유냐고, 빨리 학원 들어가라고 구박만 했다. 상천이는 알았다고, 버스 정류장까지만 바래다주겠다고 했다. 이제 해가 지면 날이 찼다. 어둡고 서늘하고 밝은 거리에는 사람이 많았다. 다들 반짝반짝했다.

"자, 선물."

정류장에서 상천이가 종이 가방을 내밀었다. 받고 보니 안에 담긴 길다란 상자며 스티커가 눈에 익었다.

"이거 우리 가게 거잖아?"

"응."

쑥스럽게 웃는다.

"너보고 고르라고 할까 하다가 그냥 내가 너 생각하면서 골랐어."

선생님과 똑같은 말. 아까 선생님도 딱 그 말 했어! 하면서 웃을 수도 있었는데, 나는 고맙다는 말도 못 하고 상자를 받아 들었다.

"야, 너 버스 왔다, 저기."

상천이가 내 등 뒤를 보며 호들갑을 떨었다.

"상천 오빠."

"어?"

화들짝 놀라는 게, 내가 뭐 결혼이라도 하자고 한 것 같다.

"내일 저녁때, 내가 학원 앞으로 갈게. 밥 먹자."

"어…… 그래, 그래."

정신없이 마구 끄덕였다. 저러다 고개 꺾이겠다.

"핸드폰도 없고, 뭐야."

냉큼 버스에 탔다. 안 보려고 했는데, 눈이 자꾸 밖으로 가서 보니까 열심히 손을 흔들고 있었다.

두 사람이 의논해서 같이 고른 게 아닐까. 선물을 풀고서 웃었다. 선생님이 준 것은 아래는 둥글고 위로 가늘게 올라간 주황빛 화병. 한때 장미고 잎이고 화병이었을 깨진 유리 조각들을 넣어 만든 것이었다. 상천이가 준 것은 유리 백합. 봉오리가 하나 더 달렸고, 흰색이 조금 들어간 투명한 꽃잎에 꽃술은 샛노란 유리 방울. 상천 오빠 너, 내가 이거 얼만지도 다 아는데 말이야.

깨지지 않았으면 좋겠다는 생각을 했다. 이대로 투명하게, 밝으면 밝은 대로 어두우면 어두운 대로 빛날 수 있으면 좋겠다고.

하지만 사실은 깨지게 되어도 괜찮았다. 조심하느라 머뭇거리지는 않아도 될 거라고. 깨지면 다시 만들면 되잖아. 깨진 조각에 다칠지는 몰라. 그래도 나는, 우리는 깨지지 않을 테니까.

간이역을 떠나오면서 꺾어 온 꽃 한 송이. 나는 유리 백합을 들어 조심스럽게, 부딪히지 않게 유리 화병에 꽂았다.

|||| 김혜진 ||||

원래 버리려고 했던, 사실은 버렸던 이야기였다. 그런 이야기가 있다. 쓰고 싶었고, 뭔가 있다고 생각했는데 다 쓰고 났을 때는 이게 아닌데, 하는 것. 미련을 못 버리고 붙들고 있어 보지만 어느 순간에는 확 버려야만 하는 이야기.

처음에는 제대로 고쳐 보려고 무진 애를 썼다. 쓰긴 썼는데 이상하고, 뭐가 문젠지는 모르겠는데 뭔가 엉망은 엉망이고. 책상 위에 빤히 놓인 열쇠를 못 찾듯이, 한번 보이지 않으면 끝내 실마리를 잡을 수가 없다. 그럴 때는 진짜 확. 버려야 한다. 미뤄 뒀다가 다음에 다시 보겠노라 생각하지 말고, 확. 아깝다고 생각하지 말고, 확. 이 확. 진짜 중요하다. (나는 그걸 잘 못해서 언제나 질질 끌곤 하는데 생각해 보면 끝 때까지 끌어야 후회도 없어지는 것 같다.)

그러곤 정말로 까맣게 잊었는데 단편집 마감이 늦춰지면서 시간을 조금 더 얻었다. 혹시나 하고 버렸던 것을 찾아서 읽어 보았다. 그런데 이제는 뭐가 문제인지가 보였다. 빼야 할 부분과 덧붙여야 할 부분이 보다 선명하게, 마치 빨강 파랑 색깔이 칠해진 것처럼 보였다.

그래서 같은 이야기를 다시 써 봤는데— 어쩔 거야, 나쁘지 않은 것 같았다. (그때 일기를 보면 진짜 그렇게 써 있다. 어쩔 거야, 나쁘지 않은 거 같애, 라고.) 여전히 보이지 않는 부분도 많았지만, 그래도.

초조해서 될 일이 아니었다. 차곡차곡 접어 포기 선언을 하고 났을 때에야 궁지에 몰렸던 마음이 슬금슬금 움직이기 시작했나 보다.

이렇게 한 가지를 더 배운다. 뭔가 해 보려고 아등바등하는 마음을 다독거리고 (말을 안 들으면, 확) 때가 오기를 기다린다. 언젠가는. 언젠가는 그곳까지 갈 수 있겠지, 언젠가는 닿아 있을 수 있겠지. 그 언젠가는 날짜를 꼬박꼬박 세지 않으면 더 빨리 성큼 올 수도 있을 것 같은데…… 앗 그렇지, 이런 은근한 기대도 일단은 확!